老爸的笑声

[菲律宾] 卡洛斯·布洛桑(Carlos Bulosan) | 著

陈夏民 | 译

西南师范大学出版社
国家一级出版社 全国百佳图书出版单位

目 录

第一章　老爸要出庭　/1

　菲律宾关键词 #1 笑声　/12

第二章　士兵齐步来　/13

　菲律宾关键词 #2 水牛　/25

第三章　老妈的房客　/27

第四章　老爸的礼物　/37

　菲律宾关键词 #3 高脚屋　/49

第五章　老爸死掉了　/51

第六章　老爸的树　/63

第七章　老爸的资本主义　/75

　菲律宾关键词 #4 吕宋烟　/85

第八章　老爸的政治理论　/87

第九章　老爸也有老爸　/101

第十章　和老爸混一天　/113

第十一章　老爸结婚记　/127

第十二章　老爸的寂寞夜　/139

第十三章　老爸与白马　/149

　菲律宾关键词 #5 椰子　/161

第十四章　老爸之歌　/163

第十五章　马努尔叔叔返乡记　/173

　菲律宾关键词 #6 伊格洛族　/187

第十六章　老爸的爱情灵药　/189

第十七章　老爸的荣耀　/201

　菲律宾关键词 #7 斗鸡　/214

第十八章　老爸的悲剧　/215

第十九章　老爸上教堂　/225

　菲律宾关键词 #8 宗教　/235

第二十章　老爸的儿子　/237

第二十一章　老爸和斗羊　/247

第二十二章　老爸的教育　/261

第二十三章　老爸的从政之路　/275

第二十四章　老爸的笑声　/287

后记 | 来自布洛桑的讯息　/297

第一章

老爸要出庭

四岁时，我跟老妈以及哥哥姐姐们一起住在吕宋岛上的小镇。一九一八年，老爸的农庄被我们菲律宾突来的洪水给冲毁，之后好几年我们便一直生活在这个小镇——虽然他比较想住在乡下。我们家邻居是个有钱人，他家的孩子们很少踏出门。当我们这群男生、女生在太阳底下又跑又唱的时候，他的儿女始终待在屋子里，窗户还关得紧紧的。有钱人的房子好高，他家的小朋友们一眼就能望进我们家窗户，观察我们胡闹、睡觉、吃东西——要是屋里有幸出现食物的话。

这阵子，有钱邻居的仆人老是在炸好料、煮美食，香气从大房子的窗户随风飘进我们家里。在家无所事事的我们，会把食物香气深深吸进身体里。有时候，我们全家人早上还会守在有钱邻居家的窗户外面，只为了聆听他家油锅煎培根或火腿时传来的如音乐般悦耳的滋滋声。我还记得有一天下午，邻居的仆人们烤了三只鸡，只只鲜嫩肥美，肉汁滴落在烧得炙热的炭火上，散发诱人心神的香气。我们直勾勾地盯着这些仆人翻转烤鸡，想把这天堂般的气味,毫不浪费、一点也不剩地吸进肚皮。

偶尔,有钱邻居会在窗边出现,怒气腾腾往下瞪,以眼神扫射我们,一个接一个,像判刑一样。我们全都身强体健,因为成天顶着太阳在外面跑,或者游进流往大海的冰凉山泉中;有时出门玩耍前,还得先在家里来几场摔角。我们总是精神奕奕,笑声像能传染一样此起彼落。经过我家大门的其他邻居,常常会停在院子口跟我们笑成一团。

笑声是我们家仅有的财富。老爸最爱搞笑,他会走进客厅站在立镜前,用手指头将嘴巴弄出奇形怪状,以鬼脸自娱,再哈哈大笑跑进厨房。

太多事让我们发笑。比如说,一个哥哥有次在手臂下夹了小包裹返家——看来挺像预备了羊腿或别的什么奢侈美食——我们期待得口水直流。他匆匆来到老妈身旁,把小包裹抛到她大腿上。我们全站在一旁,紧盯着老妈解开包裹上复杂的绳结。突然,一只黑猫从包裹里窜出来,发疯似的在屋里狂奔乱逃。老妈追着我哥满屋子跑,挥舞着小拳头要揍他,而我们则东倒西歪,笑岔了气。

还有一次,我的一个姐姐突然在夜深人静时放声尖叫,老妈急忙过来安抚,但她还是哀怨地哭着。当老爸点亮油灯,只见姐姐满脸羞愧望着我们。

"怎么回事?"老妈问她。

"我怀孕了!"她继续哭。

"别傻了!"老爸吼着。

"你只是个小孩啊。"老妈说。

"我说,我怀孕了!"她大叫。

老爸蹲跪在我姐姐身边,将手放到她肚子上轻轻触碰。"你怎么确定自己怀孕了?"他问。

"你们自己摸吧。"我姐姐哭叫。

我们都把手放到她肚子上,里头的确有东西在动。老爸吓坏了,老妈则一副遭受重大打击的样子,问道:"那男的是谁?"

"没有男人啊。"我姐姐说。

"到底是什么状况?"老爸问。

姐姐猛然掀开身上的短衫,一只大牛蛙跳了出来。老妈应声昏倒,老爸打翻油灯,灯油溅出一地,我姐姐的毯子瞬间着火。我的一个哥哥在地上滚来滚去,笑疯了。

等火势扑灭,老妈也清醒过来之后,我们躺回床试着入睡,但老爸还是大笑个不停,吵得我们睡不着。老妈再次爬下床,点亮油灯;我们在地板的椅垫上翻来滚去,随意跳舞,肆无忌惮地大笑。除了那个有钱人之外,邻居全被我们吵醒,睡眼惺忪地跑到我们家院子一起胡闹大笑。

这样的生活过了好几年。

岁月如梭,我们长大,元气饱满,有钱邻居家的小孩们却日渐瘦弱;我们的脸色光洁红润,他们则苍白、哀伤。有钱邻居夜里开始咳嗽,没多久就咳得不分日夜。然后轮到他老婆咳嗽,接下来,小孩们一个跟着一个也咳了起来。他们的咳嗽声在夜里听起来像一群海豹哀号。我们围近他们的窗边听着,不明白到底发生了什么事。我们很确定,他们绝对不是因为缺乏营养而生病,毕竟他们可是每天都在炸那些好料吃。

有一天,有钱邻居在窗边露脸,站了好久。他紧盯着我心宽体胖的姐姐们,接着是我的哥哥们——他们的胳膊、双腿粗壮得像是菲律宾最强壮的莫拉夫树。他戛然关上窗户,在屋内来回踱步,关紧每一扇窗。

那天起,有钱邻居家的窗户紧闭,孩子们再也没出过门。不过我们还是能听到仆人们在厨房里煮菜,不管窗户关得多紧,食物香气依然免费随风送进我家。

某日上午,公所派警察送了密封文件到我家——有钱邻居对我们提出诉讼。老爸带着我去镇上的书记官,询问他缘由。他对老爸解释,说那个人指控我们这几年来一直在偷窃他那些财富和食物里的灵气。

出庭那天,老爸将旧军服慎重打理了一番,还向我哥借来一双皮鞋。我们第一个到场。老爸安坐在法庭正中央的椅子上。老妈占好了门边的椅子,我们小孩子则坐在靠墙的长椅上。老爸坐不住,不断跳起身,双手朝空气戳刺比划,看起来就像在隐形陪审团面前捍卫自己的权利。

有钱人出现。他看起来更老、更衰弱了,脸庞爬满深刻的皱纹。一名年轻律师随他前来。旁听者陆续进场,几乎坐满整个法庭。法官走进场,坐上一把高椅。我们匆忙起身致意后坐下。

开庭准备程序完成后,法官望向老爸问:"你有律师吗？"

"法官，我不需要任何律师。"他说。

"准。"法官说。

有钱人的律师跳上前来，手指着老爸质问："你是否同意，长久以来一直在窃取原告财产与食物中的灵气？"

"不同意。"老爸说。

"你是否同意，在原告的仆人烹煮肥美羊腿或鲜嫩鸡胸时，你和家人会围在原告的窗边，吸取食物香气？"

"是。"父亲说。

"你是否同意，原告与他的孩子们染上结核病日渐虚弱的同时，你和家人的身体却日渐强壮、气色红润？"

"是。"父亲说。

"这些你怎么解释？"

父亲起身在原地踏步，搔着头皮仔细思考。然后开口说："法官大人，我想见见原告的儿女。"

"传原告的儿女。"

他们怯生生地进场。列席旁听的人无不目瞪口呆，甚至用手捂住嘴巴——从未见过如此瘦弱、苍白的小孩子。他们垂着头静静走到长椅就座，瞪着地板发愣，不自在地拨弄双手。

老爸一时间说不上话，只能站在椅子边凝望他们。酝酿许久，他终于开口说话："我想盘问原告。"

"准。"

"你宣称我们偷了你家财富的灵气，害你家变得愁云惨雾，我家反而笑声连连，是吗？"老爸质问。

"是。"

"你宣称我们趁你家仆人煮菜时，在你家窗户外头闲晃，偷走你家食物的灵气？"

"是。"

"好，那我们现在就偿还你的损失。"老爸说完，向我们小朋友这边过来，拿走我放在膝上的草帽，然后从口袋里掏出一些菲币放进去。他转向老妈，她随即添进几枚银币。我的哥哥们也把手上的零钱丢进去。

"法官大人，我可不可以到走廊对面的房间里待上几分钟呢？"

"去吧。"

"谢谢。"老爸说。他迈开步伐,走进另外一个房间,双手捧着帽子——几乎满满的硬币。两个房间的大门敞开。

"准备好了吗?"父亲大喊。

"继续。"法官说道。

硬币撞击发出的清脆响音悠扬地传进法庭来。旁听者转过身,满脸疑惑地寻找声音来源。老爸走回法庭,站在原告面前。

"你有听到吗?"他问。

"听到什么?"有钱男人问。

"我摇晃帽子时,钱币发出的叮当灵气?"

"有。"

"那么你已经获得补偿了。"父亲说。

有钱邻居张大嘴巴,还来不及开口说话,就从椅子上摔下来。他的律师急忙上前搀扶。法官敲下木槌。

"案件驳回。"他说。

老爸趾高气扬地走在法庭里,法官走下高椅来跟他握手。"话说……"他低声说,"我有个叔叔就是因为笑过头,结果蒙主宠召。"

"法官大人,想不想听听我们一家人的笑声?"

"好啊。"

"小朋友们,你们听到没?"老爸问。

姐姐们最先笑出来,我们立刻跟上,没过多久,旁听者加入我们一起大笑——捧着肚子,在椅子上笑弯了腰。这些人里,法官笑得最大声。

菲律宾关键词
#1 笑声

在自然环境方面,作为环太平洋地震带上的一个热带岛国,菲律宾经年饱受台风与地震侵袭;在政治历史方面,自十六世纪起,菲律宾历经西班牙、美国的殖民统治,第二次世界大战期间则被日本占领。如此饱经风霜的国家,却有着最爱笑的人民。

对天性乐观、喜爱笑闹的菲律宾人来说,笑声是他们面对生活中一切天灾人祸的因应方式,不仅可以帮助他们克服生活中所必须承担的种种艰难,也能缓解无常所带来的伤痛与无力感。只要能笑,就有机会跨越眼前的困境。

第二章

士兵齐步来

第一次世界大战爆发时，我才一个月大，但遥远的枪声震颤了我的童年；我匆忙长大、懂事，我的哥哥波隆还自愿前往欧洲参战，成为两万五千名菲律宾国民警卫队员当中的一个。战争爆发得突然，结束得也突然，而我的童年就此永远消失。

军人们退役了。我们村庄里有十一个年轻人自愿参战，最后仅剩三个人返乡继续与我们一起生活。一个战死沙场，两个在船上染病身亡，三个受重伤的则被迫留在大城市治疗……返乡的三人成天坐在公所前的草皮上。他们从早到晚不发一语地坐在那里，折草叶、看天空，只有蚂蚁咬了他们耳朵，或者苍蝇停上鼻头，才会稍微移动。有时，他们会凑些钱搭巴士去隔壁村，回程时老是大吼大叫或唱起歌来。没钱了，他们就坐在草皮上，哀伤地凝视天空。他们身上的衣服、鞋子早已磨破，后来，他们干脆赤脚走路。

我的哥哥波隆便是那三位寂寞的士兵之一。他很少回家，只在我们都入睡的午夜时分，才会走进厨房翻饭锅，在黑暗里独自用餐。老爸撞见他那夜，哥哥正把咸鱼末撒到饭上,另一只手还握着红酒瓶。老爸从未发觉他喜欢喝酒。

"他是个寂寞的男人。"老爸说。

"赛弥恩,这话是什么意思?"老妈说,"他只是个孩子啊。"

"你不懂,"老爸说,"打过仗的男生总是早熟。"

哥哥在后院来回踱步,又停下来用脚趾头在沙上画画。我们站近窗边观察他的动静,每当他抬头望向屋子,我们便赶紧往反方向看,假装没事。老爸悲伤地摇摇头。

"好好的一个人完全变了样。"老爸说。

哥哥用脚掌抹去沙画,跟老爸在大门口见面。

"一切还好吗,孩子?"老爸问。

"没事,老爸。"他说。这也是他仅能说出的字句,他几乎不说话了,更不愿意提起战争的事。

老爸将手环上他的肩膀,对我们打过手势,便带了哥哥出门晃晃。我们盯着他们从街上拦下一辆牛车,老妈叹出好长一口气,用力关上窗户。

"给我去工作!"她对我大吼。

有个男人跑到家里来,说要牵走我们的水牛。老妈紧抓着绑水牛的绳子,试图把水牛拖回谷仓。男人朝老妈挥舞手上的棍子,老妈只好放开绳索,那个人一个不稳跌坐地上。他立刻起身要将水牛拉走,但是老妈死命抓着牛尾巴不放,不让男人带牛走。这头可怜的水牛卡在中间,一边有人拉扯它鼻子上的绳索,另一头则有人揪住自己的尾巴不放。它伸长头上两支角朝男人刺,他赶紧放手。水牛同时也甩开老妈紧握的双手,朝河边狂奔而去。

"你看你对我的水牛干了什么好事!"他吼叫。

"你才大胆,竟敢偷别人家的carabao(水牛)!"她吼回去。

"我这辈子从来没偷过东西,都是别人偷我的!"他说,"你听好了,这头carabao是我用现金向你老公买的!"

"我老公不可能卖你水牛,他连自己的名字都不会写,"我老妈说,"他得先在文件上签名,才能证明他拥有这头水牛。"

"他就是卖给我了。"他说,"这有一份文件,他在上头打了叉。而且还有两名见证人。"他从口袋里面掏出一叠厚厚的文件,拿给她看。

"我也不识字。"老妈说。

男人气炸了,他直盯着想渡河离开的水牛。看见我坐在窗台边,急忙将梯子靠上墙,要我快点下来。

"小鬼,快把文件上的字念给你的笨蛋老妈听。"他说。

"我也不识字啊。"我说。

"你家到底有谁念过书啊?"他问。

"瑟吉欧叔叔会写自己的名字。"我说。

"那他识字吗?"他问。

"不会啊,先生。"我说,"他只学过自己的名字,其他的一概不会。他是卖东西的,像椰子、犁耙这些东西,只要是身边找得到的他都卖。就是因为这样他才得学签名。要是没有文件来证明他卖的东西都是合法拥有,哪会有客人上门呢?这不是说他不可靠,可靠得很,他有自己独特的诚实之道。应该说他就跟赌徒一样诚实。不过,他现在大概在睡觉,因为明天有斗鸡比赛。你要我去叫他起床吗?"

"算了!"他一说完,追着水牛跑走了。

老爸带着两个木匠从路上走过来。他们在我们家和瑟吉欧叔叔家之间的空地停下,开始动手砍掉路边的番石榴树。老妈将裙子夹进腿间,顺手捡了一块木头握在手里,我赶紧跟在她后头一起过去。

"赛弥恩,你是不是把水牛给卖了?"老妈质问。

"听好,玛塔,"老爸说,"少管男人的工作,回厨房干活去。"

"回答我!"老妈说。

老爸突然摇晃起来,高举手上的铁撬。

"不卖水牛,那要卖什么来赚钱开酒铺?"

"开酒铺!"老妈说完便转身走回家,进屋时还悻悻然朝门踢了一脚。之后,老妈就带着我两个姐姐回老家的村庄去了。

我总算明白为什么士兵们总是如此悲伤。酒铺盖好时,老爸在门口挂上了招牌:退伍军人专用。

波隆哥哥和他那两名同伴终于离开公所前的草皮，改坐在店门口前的长板凳上。草皮早被他们压出了凹痕。酒铺没有草皮，他们便成天坐在长板凳上。酒铺全日无休，他们整夜喝酒。

那时候的他们总是开开心心，大笑或唱歌。夜里回家，老爸会陪着他们一起走。他们沿途歌唱，齐步行军似的，打扰邻居老人家的安眠。靴子敲击地面碎石的声响，听起来像是数百人的行军队伍。他们从不与镇民起冲突，就连赌鬼缠着他们到赌窟玩一把，他们也不生气。他们只和自己人打架，不是割破对方的脸皮，就是打断彼此的鼻梁。我们根本不懂，为什么他们只要打起架就和野兽一样。就算波隆知道答案，他也不可能和我们分享这个秘密。

他们生存在自己的世界里。每当有人被这三个人的欢愉气氛吸引，坐下来加入他们，他们便立刻收起笑意、停止唱歌。要是有人试图聊天，他们就沉默对望。偶遇他们的陌生人根本摸不着头绪，买了酒要请客，他们却把酒杯里的酒全部倒到地上。直到这家伙终于明白自己的处境，仓皇喝光酒离开，这些士兵才会重拾欢笑、高声唱歌。

唐·瑞可是镇上最有钱的人。他的仆人到酒铺来买酒。

"你看不懂招牌吗？"老爸说。

"我可不是这地方唯一不识字的人。"他说，"到底写了什么？"

"退伍军人专用！"老爸说。

"我不是退伍军人，"他说，"但是我帮唐·瑞可做事，他可是镇上最有钱的人。要是你敢不卖我酒，我就叫警察来。"

"你什么东西敢这样说话？"我的波隆哥哥说。

"我可是唐·瑞可他家的总管。"他说，"主人在的地方我就在。"

"告诉你们家主人，他不准进来。"老爸说。

"现在就去说。"士兵们也说。

首富人家的总管受到惊吓，冲出街，坐上他的水牛后，全速逃离酒铺。他将事件经过全告诉了主人。唐·瑞可乘着豪华大车来到酒铺，车子大剌剌停在街边。他点了一杯红酒，但是老爸拒绝卖给他。

"你不识字吗，唐·瑞可？"老爸问。

"赛弥恩，你脑子坏了吗？"他说。

"我不想赚你的钱,"他说,"就这么简单。"

"不然我买两加仑。"唐·瑞可说。

"我的酒不卖。"老爸说,"出去。"

"那我就把整间店买下来。"他说。街边聚集了看热闹的人潮,他的威信在众目睽睽下遭到挑衅,不禁怒火中烧。"然后再买你的命!"他大吼。

"老子不屑赚你的钱。"老爸说完,用力将镇上的首富给推出门,然后关店。唐·瑞可只好驱车回家。

"该死的混账,以为有钱万能啊。"老爸说。

镇上开始传言我们惹了大麻烦。有钱人召开一场地方政务特别会议。虽然他并非成员之一,但是所有与会人士几乎全是他的人。他借此掌控我们全镇。三名士兵突然间消失了三天。再回来的时候,他们身边多了数百名军人。他们在街上来回齐步行军、欢唱笑闹。我们从未见过这么多士兵。

他们坐在店门口畅饮老爸的酒,临时在河边搭盖了帐篷歇脚。他们完全不碰他人财物,甚至还把跑来庭院里乱啄一通的鸡赶走。他们过着令人钦羡的规律生活,轮班工作,轮班休息。他们组成管弦乐团，一群人围着跳舞。镇民在他们用绳索圈出的营区外闲晃，兴致勃勃观察他们的一举一动。有时候男人们还会走进营区和他们唱歌同乐。没多久，年轻女孩也开始跟着男人们一起进去，和军人们唱歌跳舞。那是个让人看了便心情开怀的景象。

老爸的酒铺后来莫名被烧了。我们心知肚明，一定是唐·瑞可的某个手下干的好事。军人们组织成小队，群聚在唐·瑞可的大宅门前，没日没夜地高歌，一队唱完便换另一队上场，逼他夜不成眠、良心不安。

唐·瑞可前往公所，想确认法律条文里有没有关于"无照人士日夜唱歌"的法规。当然没有。他想再度召开特别会议，但成员都担心军人们会来自家门口唱歌。唐·瑞可只好回家紧闭所有门窗，好几天没出现。

终于有一天，他满脸是泪地冲出来，穿梭在士兵之间，大喊着："停下来！"

"不要吵了！"他哭喊着，"不要再吵了！"

"你愿意支付这些军人的花费和损失吗？"老爸问他。

"只要他们闭嘴,什么钱我都给。"唐·瑞可说。

军人们又回到营区去和年轻女孩子跳舞。老爸拿到一笔钱,还有多余的足够分给士兵们。他买来新的水牛往老家村子去。老妈和姐姐们原本还住在村里,不过等老爸重拾耕作后,她们又回到了镇上。

军人们在镇里逗留几个礼拜,用唐·瑞可那里得来的钱在市场买了一些军需后,便带着我的波隆哥哥离开。从此再也没回来过。后来,唐·瑞可发了疯,用绳子上吊自杀。他们家仆人发现时,他的舌头吐得好长好长。

菲律宾关键词

#2 水牛

作为农民主要的役畜,水牛向来是农村里一个鲜明的意象,在菲律宾当然也不例外。对贫穷的农民来说,它甚至是一项重要的财产,难怪老爸把水牛卖掉会让老妈这么生气。

在菲律宾的奎松省与黎刹省,每年五月十四至十五日这两天会举行水牛节。这是一个庆祝丰收的节日,水牛会被清洗得干干净净,在牛角和牛蹄上涂"圣油",在牛颈上套着花环或彩色布条,在教堂外接受神父的祈祷后,参加赛跑和选拔。第二天会有热闹的游行,游行队伍抬着农神伊西罗德的圣像,当队伍经过教堂时,水牛要按口令做出前腿下跪的姿势。最后,人们簇拥圣像进入教堂,以祈祷的形式表示感恩,并将 kiping(庆典会做的米饼)分给大家食用。

第三章

老妈的房客

我五岁的时候,镇议会决定扩建我们的学校,因为从战场归来的士兵们生下好多好多小孩。这些士兵创下这般丰功伟业,实在匪夷所思——明明就只有一位军人看起来像是生得出健康小孩的健康爸爸。这些孩子迅速长大,像推车或交通工具一样成天待在街上;他们的爸爸也不遑多让,入夜之后多半四处游晃,到公所前大吼大叫,或在教堂对面的酒铺里歇斯底里地笑闹。镇议会特别召开紧急会议,就为了张罗这些孩子们上学的事——虽然他们都还在喝母乳。

镇上因此来了三位女老师。老妈表明不喜欢她们这些都市来的人,但这些女老师却帮老妈带来小赚一笔的商机。她老早就想存钱买一套新的丧服,旧的那一件已经破烂不堪,根本没人会想雇用老妈穿着那件破烂衣服去帮忙哭丧。她一听说女老师们正在找地方住,就赶忙叫伯尔多哥哥去邀她们到家里来。

她们一头短发,抹了口红、腮红,穿上短裙就来到我们镇里,令人不敢恭维。不仅如此,穿着紧身短衫或运动服的她们——挺着胸部从车站一路晃进公所——总会让大厅里游手好闲的赌鬼或上班打盹的公务员眼睛发光。女人们则情愿离她们远远的，就算在街边碰到，也会别过头假装注意其他方向；等着女老师们走到几英尺之外，女人们才转回头，朝着她们的背影轻蔑地吐一口痰。但老师们也只是把烟屁股丢到地上，自顾自地嬉戏，发出元气十足的年轻笑声。她们还试着要跟年轻女孩示好，教导她们如何微笑应对男人的搭讪，告诉她们一旦身旁出现年轻男孩，该怎么展示走路仪态。镇上每一位母亲都开始疑神疑鬼，紧盯着这三个女人，要是老公胆敢说她们好话，就是一阵责备加眼神怒视。

女教师照顾士兵小孩们的日子里，全镇一直弥漫着这种气氛。为了她们，老爸也情愿多待在镇里，放任他那片玉米田野草茂盛，随便乌鸦把农作物乱啄一通；为了她们，我那七岁就俨然是个赌徒的伯尔多哥哥突然决定要上学。也是为了她们，我终于有机会来到学校——其实是她们跑到我家，请我帮忙摘一些新鲜椰子，不料我却差点被养在后院的山羊群给杀死。我一声也没哭，她们却以为我吓傻了。

她们把我带去学校,准备糖果、零食要引诱我放心哭出来。她们根本不懂,伤害早已造成,哭再多,也不会为我带来任何好处。她们在镇上引起的紧张局势,在老爸从村子回来后,达到最高潮。

为士兵儿女们搭建的学校,只是一间紧接在原校主建筑旁的小草屋。大家都清楚我是谁家的孩子,但我坚持自己是军人之子。

"哪种军人?"他们这样问,"他叫什么名字?"

"赛弥恩·山巴阳,"我说,"他是我的父亲。"

"他是军人吗?"他们问。

"所有用两条腿走路的人当中,他是最棒的一个!"我说。

"他是军官吗?"他们问。

"他本来可以晋升将军,"我说,"但他宁愿当个二等兵。"

"真是了不起的士兵。"他们说,"我们有机会见见他吗?"

"好,我跟他说。"我说。

老爸穿着一身美西战争时的破烂军服来到学

校，在操场四处对男女学生炫耀。上课的时候，他就坐在后排对老师们眨眼睛。课堂休息时间，小朋友到操场玩耍，老爸就继续踩着行军步履，到处展现军人威风。

校长警告老爸别再去学校，小男生们受到他的影响，全变成了军国主义者，镇议会对此非常不满。老爸很失望，但还是徘徊在校舍附近。他坐在学校围墙上，指挥小男生们沿着校园踢正步。议会也拿他没辙，没有法令能够阻止他在校园外教导小朋友这些军国主义的事。

议会勒令我不得再上学，但其实我本来就还不是小学生。我只会坐在教室前排紧盯老师白皙的双腿。一旦她察觉到我的眼光，就会微微拉高裙角。我把铅笔丢到她的桌底下，想着要爬过去捡，她却突然站起身，在黑板上写字。其他男生都不敢把铅笔丢到她的桌子底下。我十分懊恼自己年纪太小，没法继续留在学校上课，老爸则对体制失望透顶。他坐在教堂对面的酒铺里，哀伤地凝视那些学生。

那阵子，老师们住在城里的朋友送来一台留声机,她们开始播起音乐,还跟着跳起舞。那是个爵士乐盛行的年代。她们在头上绑了亮丽丝带,在房子里跳上跳下,没日没夜地制造骚动。她们牵着彼此的手,身体摆出丑怪姿势,双腿晃个不停,像猴子一样跳来跳去,直到汗水淋漓才肯休息。老爸站在一旁观赏,她们坚挺的乳房在紧身短衫下呼之欲出。当她们随着拙劣音乐跳跃,裙摆便会巨幅上提。老爸总爱跟在她们附近瞧啊看的,眼珠子差点没掉出来。后来,她们开始教伯尔多哥哥跳舞。有好一阵子,他为此放弃赌博,直到他厌倦同时和三个女人跳舞为止。

"你们一定得教我兄弟跳舞,这样才能减轻我的负担。我的两条腿都快动不了了。"他说。

"哪个兄弟?"她们问,心想是不是我哪个哥哥回家探访了。

"他说的是我啊。"我说。

她们满脸惊讶地看着我。

"你是说这个小小孩?"她们问。

"没错,就是这个兄弟。"他回答。

"他太小了,没办法跳这种舞。"她们说。

"你们可以把他抱起来摇,像是推摇篮里的小孩一样啊。"他说。

"这主意还不错。"她们说。

"他是天才啊。"我说。

"那就听他的吧。"她们说。

接着,她们其中一人一把抓起我,用双手架住我的身体摇啊晃的。我的腿离地数英尺,我赶紧把双腿夹上她的腰,像骑我们家的水牛。这根本就不是跳舞,但我挺喜欢。

"你们干吗不顺便教教我爸?"我问。

"你不觉得他学这个有点太老了吗?"她们问。

"我爸不管多老都学得好。"我说。

"那倒也行。"她们说。

老爸一边啃着生洋葱,一边走进客厅。最年轻的女老师立刻勾上他的手臂跳起舞,一旦他嘴巴飘散出洋葱气味,她就别过头去,免得窒息。总而言之,老爸、伯尔多还有我,我们三个人和老师们一起跳舞。我们在家里大吵大闹,屋子承受着我们全部的重量,摇摇晃晃,嘎吱作响,好像一阵大风要把房子吹倒似的。

老妈在一旁不动声色,因为老妈需要这些女老师们缴纳的房租。只要她们从学校返家,我们就开始跳舞。老妈把食物放在桌上后就出门去,等到我们全睡着了,她才回来收拾碗盘。

只不过,意想不到的事情已然发生,而我们竟迟迟没有察觉:当我们在屋里与老师们跳舞时,街坊的年轻男生也跑进我们家庭院,和附近年轻女孩跳起舞来。他们一伙人的舞姿和老师们一样,跳上跳下,跟猴子没两样,还朝对方扮鬼脸。等到我们发现,院子里早已经人满为患。

"这样也好啊。"老爸说。

"你讲什么东西?"老妈问。

"反正他们迟早都会发现的。"老爸回答。

"赛弥恩,他们迟早会发现什么东西?"

这就是老妈的反应,她心里有谱。每天下午,老师们下课回家,就会发现院子里已经等着一大群人。老妈想到另一个赚钱妙招,她在后院搭了一座临时炉灶,蒸米糕来卖,但这并不符合他们的需求。于是老妈决定酿米酒,把酒汁装进玻璃瓶里贩卖,这可合了年轻人的意。他们爱买这种饮料,因为酒精成分够强。这也是我们镇上的特殊佳酿,比葡萄酒更容易让人喝醉,但大家都喜欢白天饮用,成了风气。老妈努力干活,赚了更多的钱。

不知怎么回事,男孩们变得放肆大胆,女孩们则开始像那些退伍士兵一样,生起孩子来。镇议会惊恐不已,赶紧召开一场紧急会议,成员们投票决定将三名老师赶出我们的小镇。

三名从城市来的老师就此离开本镇,老妈也如愿买到新丧服。但她们在我们的小镇遗留下来的影响,久久无法磨灭。

第四章
老爸的礼物

瑟吉欧叔叔有三个儿子。在老爸带着老妈和我们几个孩子从吕宋岛搬来瑟吉欧叔叔居住的小镇前，他们就已经离开菲律宾，落脚于世界各处。搬家那年，我六岁。我搞不太清楚瑟吉欧叔叔年纪较大的两个儿子人在哪里，但我知道他最小的儿子去了美国，在加州承包各式建筑工程。他名叫波顿，皮肤很白很漂亮，还没离乡时，老爱趾高气扬地像骄傲孔雀般在小镇里游晃。

那天老爸和我刚参加完一场婚礼，回家路上，看见瑟吉欧叔叔家的庭院挤满人。他那地方距离我家大概隔了一个街区，一辆大车就停在街边，油灯、灯笼将屋内照得通亮。当时的菲律宾入夜后总是一片黑漆漆，这可是难得一见的景象。我们停在树下盯着。

我看见叔叔拿着手电筒从屋子的木梯上爬下来，站在院子里和大家聊天。他是个职业赌徒，我们这省份的赌徒大多住在豪宅里，过着其他努力工作的人根本比不上的奢华生活。瑟吉欧叔叔手里拿着新式手电筒，对屋子跟路旁的椰子树丛不停地闪照，像得到什么全新的奇异玩具一样。突然，他将光线转到我们身上。

"赛弥恩，是你吗？"叔叔用伊洛卡诺语（吕宋岛北部的方言）呼唤。

"是我。"老爸回答。

"今晚真难得啊！"我叔叔大喊。

"你娶新娘么？"老爸问道。

"我儿子波顿从美国回来，还带了一个漂亮的女孩子。"我叔叔回答。

老爸和我翻越过带刺铁丝网的围墙，好不容易挤过庭院里的重重人群。我们登上瑟吉欧叔叔擦得发亮的梯子，进入他家客厅。

那晚相当炎热，只见一群赤脚男女在客厅里围成一圈席地而坐，正中央就站着我的堂哥波顿，他嘴上叼着雪茄，穿着柔软的皮毛大衣，浑身汗水滴个不停。一个老人把脸凑上他的皮毛大衣来回磨蹭。有个年轻人抢走波顿嘴边的雪茄，咬了一口，细细咀嚼烟草的滋味，露出沉迷满足的表情。紧接着，又一名女孩拔走波顿帽子上的羽毛，插到自己的头发上。地板上还有光溜溜的小娃儿爬来爬去，对着波顿的皮鞋又舔又嗅。

老爸穿过那些人，走到堂哥身边。"欢迎回来。"他说。

"赛弥恩伯伯！"我的堂哥说，"我准备了特别的礼物要送给你。"他从大衣口袋里拿出一瓶包装精美的马尼拉朗姆酒。

老爸接过酒，说道："我专程来看你老婆的。"

"甜心！"堂哥转过头对着瑟吉欧叔叔用来收藏珍贵物品的小房间，用英文呼唤。

"来了，甜心。"一个女孩从房里回答。

"准备好了吗，甜心？"堂哥问。

"好了，甜心！"

小房间的门缓缓被推开，一个美丽的女孩现身。她站在门边，乌黑的眼睛闪着光彩。惊叹声此起彼伏。男人张着嘴巴却说不出话来，因为喜乐全哽在喉头。而女人和年轻女孩子们只剩叹息。堂哥走向前，用手环抱美丽女人的纤细腰肢。

"甜心，跟大家打个招呼。"他说。

"很荣幸能和大家见面。"她用西班牙语说道。

"甜心，这是赛弥恩伯伯。"堂哥说道。

"很高兴见到您，赛弥恩伯伯。"说完，她热切地握着老爸的手。

老爸洋溢幸福光彩。"甜心你好。"他说，也紧握着女孩的手。

"赛弥恩伯伯，我的堂弟堂妹呢？"波顿问。

"你最小的堂弟在这边。"老爸说完，便把我推向前。

"甜心你看，我最小的堂弟。"波顿对妻子说。

女孩蹲下来，伸出双手，把我抱进怀里。

"哈喽！"她说。

"快叫'甜心'。"老爸对我说。

"哈喽，甜心。"我说。

这个美得令人赞叹的女孩笑着站起来，看起来多么美好呀。"我好喜欢你。"她说。

"到外头去吧，"我叔叔说，"让这对小夫妻好好休息。"

人群开始移动，但是年轻男子们走出门的那一刻，个个停下脚步，回头再看了女孩一眼。"晚安。"她说。

隔天，为了庆贺波顿从美国带了个妻子回来，瑟吉欧叔叔宰掉三头猪，把街坊邻居全都邀来参加盛宴。老爸十分喜爱这个女孩。他去了一趟农场，提回两大袋新鲜的蔬菜，给这场盛宴加菜。他顺道将那双从军革命时穿的旧皮鞋带回来，穿上之前，还特地跑去采集咔啦啾唧树的树液，涂在肮脏的鞋子上仔细擦拭，确定看起来够体面，才把鞋子穿上。

瑟吉欧叔叔的庭院人山人海，全都是迫不及待想一睹美国佳人容貌，而从村里各处涌来的人。整个院子堆满他们带来的礼物。现场还有三个身着丁字裤、背着弓与毒箭的伊格洛人（来自吕宋岛山间的猎头族）。他们跟自己的狗一起坐在屋子下方，围成小圈闲聊。

老爸和几个男人聚在粮仓下头聊天。

"我说她是美国人。"老爸说，朝着堂哥妻子的方向望。

"不是！"叔叔抗议，"她是西班牙人！"

"她的头发明明又卷又亮，不是吗？"老爸反问。

"但她一身橄榄色的皮肤又怎么解释？"叔叔说。

"我告诉你，她是美国人。"老爸说，"十四岁的时候，我在马尼拉看过一个很像她的人。"

就在此时，波顿堂哥走进人群，问道："大家在吵什么呢？"

"还不是你老婆——"他的父亲说，"你伯伯说她是美国人，我说她是西班牙人。"

"你们两个都错了！"堂哥说，"她是墨西哥人。"

老爸和叔叔满脸狐疑地互望，他们这辈子从没见过墨西哥人。他们朝那女孩走过去，其他人也急忙跟在后头。所有人轮流触摸她的头发，捏捏她的皮肤，用手指逗弄她的眼睛，把耳朵靠到她脸颊上。他们跪在地上观赏她的两条腿，盯着她的胸部发出叹息。

女人们正在椰子树下布置长桌，上头摆满用香蕉叶盛装的食物。她们让小孩子离桌吃饭。要求年轻女孩坐在桌子这一头，年轻男孩坐到另外一边去，而长辈们则是自己坐一桌。

堂哥和妻子两人坐一桌，叔叔在他们四周跑来跑去，张罗那些他认为这对小夫妻会需要的东西。

老爸和三位长辈坐在远处，大伙儿喝着那瓶一加仑的酒。老爸发现我正和其他小朋友一起吃饭，身子一跳就朝我跑过来,抓住我的胳臂,把我拉到酒桶边。"孩子,那不是给你吃的。"他说。

"可是从昨天开始我就没吃东西了。"我说。

"只有笨驴才会吃东西。"他说。

他倒了一杯酒给我,我一饮而尽。

过了一会儿,筵席结束,桌子被收到一边。舞会紧接着开始,年轻人找寻舞伴,年长者则向堂哥和他的妻子赠送礼物。伊格洛人送了一张藤制吊床,跟着便牵狗离开。那位住在山边小村的老人送给他们一只蜂巢,上头还飞着蜜蜂。镇长则牵来一头小山羊。整间房子堆满礼物。

那几年,我们家正经历一段贫困的日子,老爸因为没能送什么礼物给那位美丽女孩而感到气馁。他走回我们家四处翻找,绝望地敲打墙壁、打开旧箱子,希望能找出些东西好送给女孩。突然他在壁龛前停下来,发现老妈摆在上面的那尊迷你圣母子雕像。他自台座上拿起雕像,用衬衫袖子轻轻擦了几下再放回去,并在壁龛下点燃两根蜡烛。

不久,老爸走出家门。他走在街上的样子活像失了魂。我担心他会被牛车碾过去,急忙跟在后头照看。他一路漫游到河边,然后我和他两个人都拿起石头,往长在河边的心形芒果扔过去。老爸丢了好几颗石头,就在他即将丢出下一颗石头的瞬间,猛然停住。

"我想到了!"他大叫。

"想到什么了,老爸?"我问。

他发了狂一样朝大街奔去,我紧跟后头,一同攀过叔叔他家的带刺铁丝网围墙。老爸跳过几张桌子,一把抓住我叔叔。

"每个人都送过礼了吗?"他问叔叔。

"是啊,赛弥恩。"叔叔回答。

老爸得意扬扬地看着墨西哥女孩。他打量四周的人,喜悦溢于言表,大家都看得出他有什么重要的事想宣布,于是纷纷闭上嘴巴,停止闲聊。

"我可没穷到连送礼物给侄儿和他的美国太太都做不到。"他大叫。

"你要送我们什么呢,伯伯?"堂哥问。

"我要送你们——"老爸大喊一声,顿了顿,一口气跳到最高的桌子上,好让在场每一个人都能看见他,再继续说道,"我把房子送给你们!"

我不敢相信老爸真要把房子送出去,而且瑟吉欧叔叔宴会结束后那几天,他什么话都没有说。直到有一天,老妈带着姐姐们上铃加岩——也就是我们这省份的首府——忽然来了二十个男人,拿着铲子和铁撬就往我家屋子地面开始挖地。我家的房屋以木头和竹子搭建,隔出两个空间,各自独立,有自己的屋顶。比较宽敞的那一间,我们用来睡觉或充当客厅;至于小的那一间,则当成厨房跟储物仓库使用。那群男人就这样搬走了我们家的客厅。

老妈和姐姐们从铃加岩回来后,她们停在院子口惊讶互望,一句话都说不出来。老妈头上还顶着一大包米,我的姐姐们则提着几篮水果。她们赶紧把东西全部卸到地上。

"儿子,我们的房子呢?"老妈问我。

"这就是我们的房子啊。"我说。

"我是说大的那一间!"她说。

"老爸送人了。"我说。

"他拿去抵赌债吗?"她问。

"没有。"我说,"他就是直接送人了。"

老妈不肯相信这事实。我们爬梯进屋,老妈煮晚餐的时候，姐姐们还在想办法要从小房间挪出更多空间来，好让大家有地方睡觉。厨房的长和宽都不过十英尺，我们待在里面根本不能动。我们仓促吃完饭，准备入睡。那一晚，我妈妈和姐姐们睡地板，我则睡在码放于角落的袋子上。

午夜过后，外头忽然下起大雨。一阵大风从海边吹了过来，力道之强，把小厨房摇得嘎吱作响。老妈拴上门，一边拿起破布塞进墙壁缝隙。稍晚，老爸回来，老妈却不准他进门，要他自个儿在滂沱大雨中睡觉。

到了早上，我们在屋外发现一艘竹筏漂浮水面，老爸把一个大玻璃桶当成椅子，端坐在竹筏上。老妈拿起铁撬，涉水走近竹筏，用力朝玻璃桶一敲，霎时玻璃碎片掉得到处都是，老爸噗通一声跌进水里。他放声大叫，好容易才跳上岸，一边甩着湿答答的衣服，一边拍打自己的手臂，活像湿透的鸭子。老妈重重地赏了他一巴掌，说道："这就是我送你的礼物！"

菲律宾关键词
#3 高脚屋

在西班牙人进入菲律宾之前,菲律宾人都是住在 Nipa hut(以木头和竹子搭建而成的高脚屋,屋顶覆盖棕榈叶)里头。通风凉爽的高脚屋有三个主要功能:在下方饲养牲畜,防止台风淹水,防止虫蛇进入屋内。一般都会在门外架设一架梯子,方便进出。

这样的建筑不耐天灾,但遭逢灾变后要重建也非常容易。搬家时,只要拔起四根木桩便可将整间屋子扛走。虽然西班牙与美国的殖民分别为菲律宾带来了不同的建筑风格,但在农村里仍保留着许多 Nipa hut。现在则有许多豪华版 Nipa hut,是菲律宾深度旅游必体验的项目。

第五章
老爸死掉了

老爸才把房子送给波顿堂哥和他那来自美国的墨西哥老婆,老妈就带着姐姐们回娘家去了。老爸想借由在农场里辛勤干活来感动老妈回家,但是老妈铁了心要给老爸一个教训。他甚至把喝酒和赌博等毛病都戒了,但她还是在外婆家待了三个月,一次也没有回来看我们。老爸心碎了。他成天坐在家中,失魂落魄。田里面的草越来越高,几乎毁掉玉米收成。

"我该怎么办啊?"他问道。

"只能去死了。"瑟吉欧叔叔说。

"我办不到,"老爸说,"生命太美好了!"

"兄弟,你真的这么想?"叔叔问。

"现在不用争这个,"老爸说,"我的麻烦已经够大了。"

"我可以说几句吗?"叔叔问。

"你本来就是家族里的聒噪鹦鹉。"老爸说。

"消失一阵子,"叔叔接着说,"等你的胡子留得够长,长及胸口,就叫你儿子来找我。"

"这能有什么用?"老爸问。

"好处可多了，"叔叔说，"我们就可以向小镇宣布你的死讯。"

"我人还活蹦乱跳的，要怎么死？"老爸问。

"这就是关键，"叔叔说，"这个小把戏绝对会把你老婆带回来。"

老爸走近墙边，头抵住墙，陷入沉思。他极缓慢地转回头，盯着我叔叔的脸找寻生机。

"这样真的好吗，瑟吉欧？"他问。

"绝对成功。"叔叔回答。

"你怎么知道？"老爸问。

"铁石心肠就要靠死来软化。"他说。

"那，就做吧。"老爸说。

我们离开镇子，回到村里那间小屋，装满一袋米。老爸砍下一节竹子，填满盐巴。入夜以后，我们出发往丛林里去，路上不仅野果丰硕，还有不少食用花木。到了早上，老爸就打发我回村里去。

第一个礼拜缓慢过去。我负责带牛到牧场去活动，在它背上打瞌睡不小心就会摔进荆棘丛。有时候我让别家的水牛挑衅它，但是我们家的牛从没输过。

几个礼拜也缓慢地过去了,仍旧不见老爸踪影。直到某天夜里,有个男人跑到院子里朝窗户扔石头。我从壁架上提起油灯,爬下楼梯一探究竟,结果发现一个满头长发、满脸胡须的老头,手上还提着一个破烂袋子。

"你是谁?"我问。

"我是地狱使者,也是天上雷电。"他说。

"那个破袋子装了什么?"我问。

"恶魔和邪灵。"他说。

"滚开!别碍到我的光!"我说。

"太棒了,有效!"他说。

"什么东西有效?"我问。

"你认不出我吗,儿子?"他说,"我是你爸!"

我高举油灯,用手拨开他遮脸的长发,才发现熟悉的笑容,他的两只眼睛闪动起狡黠光芒。

"骗到你了,儿子。"老爸说。

"真的!"我说。

"回小镇去把瑟吉欧叔叔叫来村里。"他说。

"遵命。"我说。

我跑回小镇，站在叔叔的屋子下头，举起长竿往头顶那片竹子地板的空隙直插进去。我每回都这样叫醒瑟吉欧叔叔，以免惊动他的老婆。之前她老会尽力阻止叔叔前往斗鸡场。一个闲不下来的女人。不过我叔叔还是把注意力都放在那只斗鸡上。我再次将竿子戳进去，有个男人下来，还推我一把。

"你到底想干吗？"他问。

"我要找我叔叔。"我说。

"我不是你叔叔。"他说。

"他死了吗？"我问。

"还没。"他说。

"刚才跟你玩摔角的是他老婆吗？"我问。

"对，是他老婆。"他说，"但我不是你叔叔，滚远点。"

"我要等他，"我说，"我知道他一定在附近。"

他爬回屋子，躺到我叔叔的床上。我又再举起竿子，用尽全身力气一顶，听见愤怒嘶吼。他怒气冲冲爬下梯，我拔腿就往庭院方向逃跑，跳出大门。他用手提着裤子，在我后头紧追不舍。

我看见叔叔带着一只战死的斗鸡朝我走来。他将我紧紧拥入怀里,斗鸡的血沾染我的衬衫。男人停在几英尺远的地方,急忙想穿好裤子。

"大白天的,你干吗光着下半身追这个小男孩?"叔叔问。

"他拿竹竿刺我的背。"他说,"没有任何小鬼可以拿竹竿刺我的背!"

"我发现他睡在你的床上啊。"我说。

叔叔把我推到一边,拿死鸡尸体往男人身上砸。死鸡头弹到他的额头,掉到地上。

"每次你睡我的床,我就会输!"叔叔说。

"你本来就白痴,别扯到我头上。"男人回嘴。

"侄子,他在我的床上干吗?"叔叔问我。

"他跟你太太玩摔角。"我说。

"滚!"叔叔对着那个人大喊,"给我滚远点!不然我就阉了你!"

男人穿上裤子开溜。叔叔捡起死鸡的头,用袖子擦掉沙土,收进口袋,带我回他家。

他的老婆还躺在床上,全身光溜溜。叔叔把少了头的死鸡往她肚子上一扔,鲜血溅落在她的双腿之间。叔叔牵起我的手,爬下梯子离开屋子。

跨出大门的时候,叔叔忽然想起死鸡的头,于是又转身走回院子,把头扔到屋里去。他的老婆尖叫起来。他跳过围墙,我们一起前往河边。

我们走到一潭泉水边——镇民常拿着陶瓮来此地装饮用水——叔叔坐到大石头上,开始朝自己的头挥拳猛打,又把头埋进泉水里,身体在沙地上一动也不动。他在水里泡了好久,久到看起来好像死了。终于他慢慢起身,忍不住放声大哭。

"我们现在要去村里了吗?"我问叔叔。

"你爸爸叫你来的?"他问。

"是的。"我说。

"先让我哭一下。"他说,"要陪我哭一下吗?侄子。"

"好吧。"我说。

于是我俩肩并肩坐在沙地上一起大哭。哭了两回之后,叔叔以袖子擦干眼泪,用手舀泉水喝。

"我们在哭什么?"叔叔问。

"我不知道,"我说,"反正就哭嘛。"

"那你舒服点了吗,侄子?"他问。

"我觉得很好,不错。"我说。

"我也好多了。"他说。

"我们应该找个什么事情哭看看。"他说。

"下次找机会再来哭一场吧。"我说,"我们要走了吗?"

"我们要跑才行,侄子!"他说。

老爸兴奋得要命,叔叔却只是从工具箱拿出锯子和铁锤,开始锯木板。老爸找来一些铁钉,叔叔用铁钉将木板钉起来。老爸在一旁呆望。大功告成之后,叔叔收起工具,放回工具箱。

"棺材。"老爸说。

"这是棺材,你知道吗,侄子?"叔叔问。

"知道,棺材。"我说。

"谁死掉了?"老爸问。

"没人死掉。"叔叔回答。

"有人要死了?"老爸继续问。

"就是你。"叔叔回答。

"我才没有要死呢。"老爸说。

"你希望你老婆回来,是吧?"叔叔问。

"我要真死了也用不着了。"老爸说。

"我现在要干吗?"我问。

"回镇上去,侄子,"叔叔说,"跟你妈说你老爸死了。"

我一刻也没耽误,立刻跑回镇上。老妈不相信我。她出门去市场,还不准姐姐们跟我说话。我只好去找我的表亲,把事情告诉他们,他们再把话带到其他亲戚那边。亲戚们全都聚到村里,还把我们的房子打扫一番——架好炉灶,洗净碗盘。最后,他们点上蜡烛。

不久,镇上游民跟赌鬼们陆续抵达。他们坐在院子里,摊平香蕉叶,把赌博牌组铺开。他们又把斗鸡扔出半空,开始赌局。庄家连忙吆喝下注。我看见老爸和叔叔扛着棺材走过来。赌徒们停下手边的牌局,等他们通过。他们将棺材放到客厅正中央,赌徒又继续玩牌。

"那个长发胡须老头是谁啊?"他们问。

"大概有什么债务关系吧?"赌徒说。

"他是个隐士。"我叔叔说。

"我现在又要干吗?"我问。

"侄子，你就拿着杯子跟大家收钱，"叔叔说，"我要趁机把今天输掉的都捞回来。"

当我们扛着棺材经过市场时，老妈还在。老爸和叔叔用肩膀扛起棺材。我的叔叔给我一个暗示。我走近母亲身边，告诉她老爸的棺材正经过。她将手放上眉间遮光，四处张望搜寻。

"那根废柴呢？"她问。

"在棺材里。"我说。

"你是说他真的死了？"她问。

"死得跟条死鱼一样。"我说。

"你是认真的吗，孩子？"她问。

"拜托，他死了！"我说。

装满蔬菜的篮子自她手上掉落，她飞奔过广场，赶上灵车，紧抓棺材不肯放。老爸掀开遮脸的长发，朝我露齿微笑，一副胜利表情，双脚在尘埃中跳起舞。他将棺材移到另一边肩膀，好遮住他的招牌笑容。

老妈放声哭号，一路哭到坟场。跪在草地上，她又哭了几回。

"都是我的错,赛弥恩,"她啜泣着,"我不会再这样了!我会回来你身边。只要你活过来……我什么都答应你……"

"你为什么不对你老婆用相同的把戏呢?"我问瑟吉欧叔叔。

"我用过,侄子,"他说,"完全白搭。"

当晚,母亲沉默无语。她对着遗照跪拜、祈祷。我的姐姐们则坐在长板凳上,盯着烛火燃烧。人们擤着自己的鼻子,陆续回家。

午夜前夕,老爸回到屋里。我最先看见他。他剪了头发,胡子也刮了个干净。我的姐姐们发出尖叫。老妈用跪着的双膝急忙朝他爬去。她紧紧抱住爸爸,发出欣慰的哭声。我在房子里跑来跑去,笑个不停。突然,老妈从地板上起身,用力给了老爸一巴掌。

"你这白痴!"她说。

第六章

老爸的树

我和老爸还住在村里的时候，菲律宾政府跟我们的生活一点关系也没有。我们有自己的一套规矩，虽然没有白纸黑字送交有关单位审查。但这些原则来自口头规范，代代相传至今，我们从不曾追根究底，或怀疑它们的效力。直到村子里来了一群新移民，他们质疑这些没有书面根据的法条，还针对土地所有权引起一连串严重的争议事件。

我的爷爷在很多方面都遥遥领先他的同代人。他在村里选定了一块地，他清楚得很，一旦农作物需要灌溉，这里绝对是个关键区。为此他特地跑了一趟省政府，请公务员协助登记土地所有权，直到他获得一张地图和政府核准的证明文件，才总算觉得定居了下来。他过世后，这些贵重文件传到长子手里——这是菲律宾某些地方的习俗。按照惯例，这类文件会由长子一路传到老幺，谁拿到了，谁就有权处理这片土地。

我七岁的时候，杜穆尔伯伯过世了，老爸的家族排行在他之后，于是这些文件所有权现在归我老爸。他召集兄弟开了会，因为那群新移民把村子搞得天翻地覆，强占许多土地，害得众多先移民者的后代失去归所。老爸认为要是他们再不起来保卫家园财产，一切就来不及了。他们用一道坚固围墙把从我爷爷那里继承来的土地给围了起来。

老爸相信法律站在我们这边，但是这群新来的家伙过去都住在法条多得要命的地方，要钻我们这里的法律漏洞还不容易？凭借这项优势，他们掠夺了村里大片土地，稍耍个手段就变得有钱有势。

我们农田外围的那片土地，原本属于那一家兄弟五口共同所有，不料新移民们一搬来，土地就被其中一个人给骗走。那家伙仗着会一点英语和西班牙语，就运用一些乱七八糟的学问来剥夺他人财产。老爸挺顾忌这家伙，但又觉得他应该对我们没兴趣。我的叔叔们也都有点担心，却又不把对方放在眼里。

我们的农田一年一种，大部分时间都闲置着。丰收季节一来临，我们就邀来所有族人举办宴会，狂欢个几天。我们这样过了几年开心、和平的好日子，从未被打断过。直到那天，镇上的公务员带了张文件到村里来——公告我家邻居拥有那棵位于我家和他家之间的邦嘎树。

我们本来还在粮仓边烤猪，获知这消息后，老爸不再翻动烤猪，站在沉默无语的族人之中。他请某个叔叔接手照看火炉，然后要我提好灯笼跟他出门。

夜色好黑，走路时一直踩到稻梗。我跟着老爸来到农地边界，我有时将灯笼顶在头上，以免灯油洒出来；有时则把灯笼放到身后，黑暗中我反而看得比较清楚。终于，我们走到那棵大树下，站了几个小时，静静凝视着它。

应该出庭那天，老爸没有现身。警察骑着驴子到村里来，告诉老爸他有义务响应邻居的声明，不然那棵树就会自动归属邻居。老爸一边思考，一边和警察喝起酒。过了一会儿，他打开存放贵重文件的盒子，要我跟着一起到镇上去。

原本我坐在警察后面一起骑驴，尚未抵达小镇，我还是决定下来走。老爸带了一袋风干花生。我们十分烦躁，就连经过镇上的家也只停留了几分钟而已。

我们抵达公所时已经开庭。原告坐在一名看来挺温和的年轻律师后头。法官安坐于他的高位。老爸被警卫匆忙引至证人席。检察官在每个人都看得到的那面墙上贴了一张地图。

他指着地图上的一点,质问老爸:"你拥有曼格斯马纳村里标记为 A 的地产,是否属实?"

老爸从证人席起身,慢慢走到那面墙边。他花了好几分钟检视地图,用各种角度仔仔细细地看了一回,然后他从口袋里翻出文件,解开厚重的羊皮纸,和墙上的地图交叉比对。这就是记录我们家地产的地图,从我爷爷手里一路传到老爸这边。之后,他慢慢走回证人席坐下。

"那是我的财产,没错。"他说。

"你有证据证明那是你的财产吗?"检察官问道。

老爸交给他一张文件。那张纸我有印象,爷爷死前曾展示给我们看过。

"第一号物证。"检察官说。

警卫取走检察官手上的文件,将它交给法官。法官点燃一根火柴,仔细地检查,然后为雪茄引火,挥动手势让议程继续。

"仔细看这位男人,"检察官说,手指向原告,"你认得他吗?"

"认得,"老爸回答,"他的地围住了我的农田。"

"你是指标记为 B 的地产吗?"检察官问,同时再指向墙上的地图。

老爸再度起身走向墙面地图边。他看着地图上被标记为 B 的那一点,翻找手上的地图,比较两者之后,才又走回证人席就座。他很冷静。

"是。"他说。

"现在——"检察官说,"你认得标记为 C 的地产吗?"

老爸再次走到地图旁,花了点时间小心检视。然后回到证人席就座,跷起二郎腿。

"是那棵树所在的位置。"老爸说。

"回答是或否。"检察官说。

"是。"老爸回答。

"你有任何证据吗?"检察官问。老爸交给他那张旧地图。

"第二号物证。"检察官说。

警卫接过物证,上前交给法官。法官点燃第二根火柴,仔细研究地图,再挥手让议程继续。

"传证人。"检察官说。

年轻律师身子一弹准备开始,但是原告拦下他。他们对着墙上地图交头接耳,接着律师走到法庭中央,面对法官。

"庭上——"他说,"我的委托人,也就是原告,认为我们应该前往争议地点现场勘查,毕竟光在室内纸上谈兵无法公平、公正裁决。而且,那边也有无法带来法庭的证物。"

"准。"法官说。

法庭转移地点继续办理。书记官整理好法官桌上的文件,收进公文包。警察局长为法官叫来一辆牛车,也顺便帮我们叫了一辆。我们买了点bibingka,也就是米糕,坐上牛车朝村子出发。

我们抵达村庄时,太阳已经下山。一群人点亮几盏灯笼,穿过稻田。两名警官面对面交叠手臂,让警察局长落座,扛起他。法官停在一条壕沟边,抓起稻穗吃新米。等我们抵达目标时,四周一片漆黑,蝙蝠穿梭在树林间来回鸣叫。

法官走到树旁抚摸树干。蓦然,他回头对着空气猛嗅。

"这是什么气味?"他问。

"庭上,是树上花的气味。"老爸说。

法官扔掉手上的新米,检察官用手捂住鼻子,抬头观察树,警察局长嚼起烟草块,年轻律师温和的脸蛋则一副很痛苦的模样。

"这就是那棵引起争议的树吗?"法官问。

"是的。"原告说。

"闻起来像尸体。"法官说。

"这是有典故的。"老爸说。

"怎么会那么臭呢?"法官问。

"传说犹大背叛基督之后,就在邦嘎树上上吊。"老爸说,"所有他在人间犯下的罪,便流进树上的花里。只有晚上我们才能闻到花的气味,因为犹大的恶名就像是入夜后的黑暗。"

"他的确是个满身罪孽的人。"法官说,"但这种树到底能做什么?"

"这树没办法砍来当柴火,"老爸说,"羊也不吃它的叶子。这棵树完全没有用处,就只是一棵树而已。"

"你们村子真的怪怪的。"法官说,"快点继续议程。我头开始痛了。"

年轻律师一只手掩住鼻子,另一只手指向那棵树。

"这是第三号物证。"他说,"如大家所见,这棵树的树干位于被告的地产,但是它所有的树枝,都长在原告地产上方。请仔细看。"

他们朝那棵树更靠近一些,并抬头观察。天色已晚,灯笼的光线又不够亮。那是一棵很高大的树。法官绕着树走,不太赞成地摇着头。

"局长,"他对警察局长说,"你派一个人上树探探。"

一名警察提着灯笼和绳索爬上树。他坐上树顶,抓紧长索一端,让另一端自然落到地上。

"你们看到绳子了吗?"法官问。

我们正站在自己的地产上,检察官缓慢地绕着这块地走。

"没看到。"他说。

"在围墙的另一端,"律师说,"它落在了我委托人的地产上,一定是这样,没错。"

他们走到围墙边,朝对面望去,看见绳子就落在原告土地上。他们抬头看树,果真没错,所有的树枝都长往他的地产上方。

"为什么树会朝这个方向生长?"检察官问。

"这一带的风很强。"老爸说。

法官已经受不了这些树花所发散出来的气味,濒临昏倒边缘。警察局长也快要窒息,年轻律师早已经坐在地上,舌头外吐。书记官则开始哭起来。

"儿子,你快跑回去拿些棉花来!"老爸说。

"好。"我说。

我穿越稻田,急忙带来一篮棉花。老爸将棉花一团团塞进他们的鼻子里。

"儿子,你需要吗?"老爸问我。

"我没闻到什么啊。"我说。

"要是你在镇上住久了,也会闻到。"他说。

过了一会儿,法官终于恢复呼吸。他抬头看着这棵树,眼神透露出他的决定。

"树干的确在被告的地产上,"他说,"但是所有树枝都在原告的地产上。因此,树干归被告所有,树枝归原告所有。"

"法官,如果是这样——"老爸说,"那我要把我拥有的那部分砍下来。"

"你不能砍!"原告说,"这样一来,你会危及我所拥有的树枝啊!"

法官一惊,发现这案子竟然还有另外的诠释角度,而且毫无案例可供审判参考。猛然,他抬头朝树上的警察大喊了一声。树上的警察身子一滑,灯笼掉下来。那棵树瞬间着火,他在树枝上像猴子一样跳来跳去,最后终于跳回地面,死里逃生。

"怎么了?"局长问,他还是用手捂住嘴巴。

"这么臭,我再也受不了了,"他说,"我差点死在上面。"

"来,这有棉花,"老爸说,"快塞进鼻子。"

我们站在旁边,看着整棵树被烧成灰烬。然后我们走向原告的屋子,在那儿宰了一头羊。

"下次,挑棵别的树。"老爸说。

第七章

老爸的资本主义

欧宋哥哥最后一次回到镇上那阵子，老爸开始在村子里种植烟草。一九二一年，借着美援资金，菲律宾许多岛重拾原本的烟草生意。西班牙烟草公司（西班牙统治时期独霸一方的烟草商）被几个美国人和当地的商人收购。全省的农民纷纷种起烟草，烟草公司代表也会趁着收割之前，抢先预订烟草。

欧宋哥哥天生就是个生意人。十二岁逃家之前，他就会半夜开我们家的粮仓偷米卖。爸妈从来没有责备过他，他们相信最好的惩罚就是让对方良心不安。但我哥可从来没有良心不安过，他根本没有良心。年复一年，这米也越卖越多。等到我爸妈终于开始谴责他做人不老实的时候，他也只是耸耸肩，拍拍屁股一走了之。离家之前，他还不忘卖掉我家的水牛，连声再见也没说就人间蒸发。我爸妈以为自此无法再听到他的消息，没想到那年年尾他就回家了。他买了些礼物送我爸妈即获原谅。他再度逃家那次，又把我们家上好的羊给卖掉，足足消失了两年。之后，他每年回家一次，不忘带点礼物给爸妈,但是每次离开,也会记得把我家的贵重物品偷卖掉。刚开始我爸妈很烦恼,担心他跑去混黑道。但我哥只敢从家里偷东西,我爸妈也就懒得管。他一返家拜访,他们就知道又有东西要被他偷卖掉,只是他们老猜不到这回他又看上了什么东西。他们总在送他到车站后,马上全速奔回家,揭晓我老哥又把什么东西给带去城里了。我爸妈一天到晚都在担心,说不定哪天房子就被老哥给卖掉了。

欧宋最后一回返家时,他乱卖别人财产的功夫早已炉火纯青,俨然是个诈欺专家,毕竟这是他离家后唯一的生存之道。他才到西班牙烟草公司的省办公室,就立刻受雇成为负责我们镇的采购代表。原本他们要他缴纳保证金,但我哥哥凭着舌灿莲花的能力免去一笔开销。他果然是个绝佳销售员。

老哥向村里的农夫采购烟叶,却用假的称重方式欺骗他们。他把铁秤底部打开来,拿出里头的铅块,换一块更大的进去,借此诈骗农民。我们这镇子从来不曾做过烟草生意,农夫们还没学到这种伎俩。尽管他们也都很会动手脚搞诈骗,但我老哥可是诈欺之王啊。骗不到邻居的时候他们就练习骗自己。我们镇的风气向来如此,我自小见识惯了。如果连骗人都不会,那真的就没用到家了。每个男生女生从小就发愿要骗到什么人或说个大谎,这可是我们成长教育里重要的一环。

欧宋哥哥靠诈欺农民赚进大把钞票,同时也没放过那些用推车运烟草回省会的工人。烟草公司成为最大的受害者。我们始终想不通,这公司明明拥有最精明的员工、最棒的设备,为什么还是被他摆了一道?但毕竟他可是我老哥欧宋,我们家族最会做生意的人啊!

老爸立刻向儿子取经——当收割的烟草风干到差不多可以打捆的时候,老爸就将大量叶子泡水,把这些湿答答的烟草包进烟草捆正中间。当我老哥拿着动过手脚的磅秤测量时,他的眼珠子差点没迸出来。他不敢相信我家的烟草竟然是别人家的两倍重。他的数字本来就有问题,所以也不方便在众目睽睽之下把事情说破。他要老爸把我们家的烟草捆放到磅秤上,等待指针示重时,他就在一旁假意抽烟。那些烟草捆有多重，他心知肚明。每次付钱给老爸，他的嘴角都痛苦抽动。

老爸发现原来骗到自己儿子不但很好玩，还能顺便赚钱。每次准备烟草捆时，他都不忘包进湿叶，让烟草捆重过其他竞争者的。他甚至开始塞铁块进烟草捆。每塞进一大块的铁，他就哈哈大笑，乐不可支。

"老爸，你干吗这样？"我问。

"儿子，清账的时候到了。"老爸说，"就像《圣经》里说的，我的儿子要为自己的罪付出代价。快去帮我找铁块回来。"

"你骗的是我亲哥哥啊！"我说。

"他有没有卖掉我的羊跟水牛？"老爸说。

"他在城里生活需要钱啊。"我说。

"我也需要钱啊，儿子。"老爸说。

"你在村里根本没用到钱！"我说，"种田的人又不卖东西，他们只会送东西给人。再说，你存这么多钱要干吗？"

"我就喜欢听到钱币在口袋里叮叮当当。"他说，"去把你堂兄弟叫来，一起帮我找铁块！"

我找来几个堂兄弟，邻居小朋友也一起来帮忙，搜刮了所有我们能找得到的铁片，全数交给老爸。他给我们每人五分钱硬币买糖吃。

我们开始在烟草捆里放铁块。我在上面用力转动轮轴，烟草就变成一束坚硬的烟草捆，从下方掉出来。老爸在房子底下用力推着这些烟草捆，把它们码整齐。

我为水牛装上牛轭，老爸气喘吁吁地将烟草捆搬上牛车，高举烟草捆时，还发出像猪一样的喘气声。他在牛车周围绑上坚固绳索，以防烟草捆掉落。他要是坐上来，车子就会过重，于是让我驾车，他一路跟在后头。我们出发前往校舍，我哥哥在那里盖了一间临时办公室。

我们抵达的时候，已经有很多农夫等待。大排长龙的烟草捆等着称重。我哥的助手们个个汗流成河，一旦温度炎热过头，他们就立刻跳进校舍附近的水沟里凉快一下。老哥拿着黑色小笔记本到处抄写数据。助手们把烟草捆搬上秤盘，扛烟草捆进校舍，又光溜溜地跳进水沟里让皮肤降温。

农民们一卖完烟草捆,就前往市场采购日常需要的用品,然后走在广场上大步逛街数钞票。有时候斗鸡场的人会哄他们进去赌博,再出来,身上的钱已经被掏得一干二净。

终于轮到老爸。第一个烟草捆测量出来的数据,着实让老哥大吃一惊。他激动地绕着磅秤走,用手触碰烟草,怀疑老爸耍他。他疑神疑鬼地盯着老爸,要助手赶快搬走我家的烟草捆。

称过重,堆进校舍的烟草捆还不到一半,助手们就已经气竭力尽了。他们被烟草捆的重量压得东倒西歪,上气不接下气。走没几步,就被压垮,疲惫地摔在地上。他们爬到潮湿的草地上,躺在那里动也动不了。他们肚子朝下在草地滚动,活动双腿,气喘吁吁。

老哥气炸了,因为太阳慢慢西下,前往省会的大卡车已经快要抵达我们镇上。他跑向我们家的牛车,试图抬起一捆烟草,不料手一滑,烟草捆砸落他身上。他挣扎地爬出来,到一旁按摩自己的双腿,他的助手们已经渐渐回过神,躺在草地上看他出洋相。农夫们则在一边用手肘彼此轻推,交换讯息。

他脱掉大衣，小心翼翼折叠好，放在草地上。他走到那捆烟草旁，用力踢了几脚。绳结松脱，好几个铁块从里头掉出来。老哥急忙遮掩，不想让其他农夫看见。无奈为时已晚，他们看见铁块，心领神会地点着头，立马作鸟兽散，开始在后院和校舍四处搜寻铁块，把找来的铁块塞进自己的烟草捆里。老哥气晕头了，完全没发现他们不老实。他把绳子绑回去，继续扛起我们家的烟草捆，快速称过重量，付钱打发我们。他要助手赶快测量其他烟草捆，他们只好起身动工。农夫们则狡猾地对同伙们眨眼。

"回家吧，儿子。"老爸说。

西班牙烟草公司的高级职员来到我们镇上。他开除老哥，雇用新的专员。老哥悻悻然跑回家。

"爸，你毁了我的事业！"他说。

"你何时有事业了？"老爸回答。

"我一直梦想着轻松赚进大把钞票，"他说，"打我开始测量烟草捆的重量，就确定自己会美梦成真！每抄下一个假数据，离我自己的美梦就更近一步！现在你却害我得去找新的工作！"

"没有任何工作会比老实赚钱来得好。"老爸说。

"就像布什尔叔叔吗？"老哥说，"辛苦工作了整整三十五年——他现在人呢？死了！坟墓上的草都比人高了！这个世界，只有不老实的人才能变得有钱有势。然后笨蛋、白痴就得服侍他们。"

"我宁愿变成小丑，也不想变成骗子。"我说。

"你懂什么！"老哥对我说，"等你长大知道钱有多重要，看你到时怎么说。"

"你的意思是我骗你吗？"老爸问。

"那你在校舍干的好事又该怎么说？"他说。

"你记得我农地旁边那块地吗？"老爸说，"是块很不错的烟草田。我把从你那边赚来的钱，全部拿去买了那块地。我买给你的，儿子。"

"爸，你买了地给我？"老哥说，"我真不敢相信我们家会有这种好事。也好，我老早就想要金盆洗手，干些老实的活了。我想种田想很久了呢。"

"是啊，那可是上好的烟草田。"老爸说。

"不知道靠烟草我可以赚多少钱。"老哥说。

菲律宾关键词
#4 吕宋烟

自十六世纪西班牙人把烟草带入吕宋岛至今，菲律宾的烟草业已经有超过四百年的历史。每年十一月到来年四月的雨季前，是烟叶的生长期，这段时期在吕宋岛道路两旁，到处可见一片片绿意盎然的烟田。烟叶长得很快，三个月就能采收，每年都能收成两次，深受农民喜爱。

烟草是菲律宾的四大经济作物（椰子、甘蔗、马尼拉麻和烟草）之一，吕宋岛北部的卡加延谷地则是亚洲著名的烟草产区，这里生产的吕宋雪茄在世界上享有盛名，被称为"吕宋烟"。

第八章

老爸的政治理论

每隔四年，一到镇长选举期间，老爸和我就会离开农庄一个礼拜左右。这可是老爸最看重的假期之一，趁此机会他终于能和其他男人好好聚聚。不过，和镇上其他选民一样，老爸也认为除非有五到六人参选，不然根本用不着去投票。一开始我不懂个中原因，直到老爸带我一起参与瑟吉欧叔叔成为五位候选人之一的那次选举。

"老哥，你觉得我有胜算吗？"我的叔叔问道。

"你杀了几头猪？"老爸问。

"十头。"

"羊呢？"

"二十只。"

"鸡呢？"

"五十只。"

"没有了？"老爸问。

"呃……"叔叔说，"我还在村子里养了十头carabao。"

"找个人把这些牛都牵来。"

"有这必要吗，赛弥恩？"

"你想当镇长,对吧?"老爸问道。

"当然。"叔叔来回踱步。最后停在门边说道:"好,就这么办。"

我叔叔是职业赌徒,根据我们镇上的标准,他是个好人——评断的标准是他家有几面镜子,他的金牙多大颗,还有他到底有多少干儿子、干女儿。有时候,他们也用叔叔子女兴旺的程度来衡量——他生了十四个孩子,那个刚出生就上天堂的小孩也算。

既然我们镇上大部分的人都爱赌博,瑟吉欧叔叔当然人气很旺。他的好朋友从乡下村子过来捧人场,顺便捐点钱赞助叔叔竞选。一群人挨家挨户邀请镇民来我叔叔家里吃好料。受邀的男人们不忘带上斗鸡,女人们则拖着自家小孩来报到,每个小朋友肚子都圆滚滚的。

老爸和我来到叔叔的院子,临时搭出的七张长桌已经摆满丰盛食物。才早上五点筵席就满座了。香蕉叶和椰子叶搭建而成的棚顶遮暗桌面,柱上的油灯没有太大作用。

我们就座之后便吃起米饭和 adobo(用醋、蒜末和其他香料一起腌渍的猪肉）。我向上菜的妇人要了一盘 kilawen kalding（混拌了辣椒末、姜末的生羊皮），还多点了一盘 pinaksiw（以醋、黑胡椒、洋葱调味的氽烫猪脚）。

我盯着老爸——他的腰间系着一只大布袋，袋缘从双腿间垂到桌子底下。只要有人把美味菜肴送到面前来，老爸就打开袋口不管什么都往里头倒。满袋子都是米和肉。

原本蜷在桌面下的狗，直勾勾地盯着布袋。老爸把它踢远，那只狗竟然窜回来咬住布袋口。老爸腰间的绳子被扯断，那只狗一转身就把袋子给叼远。老爸急忙钻进桌底，一只手揪住狗尾巴，另一只手扯着袋子。只见一人一狗在桌底展开一场袋子主权争夺战。

我脖子一伸往桌底探，这才发现每个人双腿或脚边都绑着大袋子。老爸躺在地面上，用尽吃奶力气朝狗的胸口踹去，那只狗被抛向天空，坠落时撞穿脆弱的桌子。桌面的碗盘散落到长板凳上。客人们无动于衷，只是拍拍弄脏的衣服，要来新盘子，继续吃饭。大家见怪不怪，安静用餐，还不忘顺势把食物装进袋子里。

老爸收紧袋口,从桌底爬出来。他走到院子角落,挺起身子,将袋子扛上肩膀,向我点头示意。我赶紧爬过围墙,接过老爸的袋子。回家之后,他将食物倒进大桶子,卷好空袋,我们又前往下一个参选者的家。

第二个参选人叫"法官"。虽说他是从外地来的,但可从来没做过法官。他最爱拄着黑色拐杖、戴上巴拿马帽在街头游晃——在我们这省,只有法官会用这两样东西。

我们抵达他的屋子时,排队人龙已经长到大街。他们都是刚才参加我叔叔家筵席的同一批客人。我和老爸加入队伍。法官随着镇上官员一起走出家门,他的大儿子扛起一套小桌椅跟在后头。官员端坐椅上,法官和他的长子则伫立于桌子两端。

排头的男人走近桌子,法官和他握手。

"你今年缴税了吗?"法官问。

"报告法官,还没。"

"签个名,你的税金就缴清了。"

"报告法官,我不会写字。"

"你叫什么名字?"官员问。

他告诉对方。法官的儿子拿过笔替男人签了名。

"你会写字啊。"法官说。

"对,"选民说,一面看着大账本上的字迹,"对……原来如此……"

法官给他一比索。队伍继续前进,但人龙未曾缩减。越来越多人加入队伍。轮到我上前时,法官打量起我。

"你叫什么名字?"他问。

我告诉他。

"你几岁了?"

"九岁。"我回答。

"你还不用缴税,是吧?"

"报告法官,他迟早要缴税的。"站在我身后的老爸回说。

男人们一阵笑声喧哗,脚踏地面,尘土飞扬,笑弯了腰。法官也给我一比索,但官员没有问我的名字。老爸和我接着来到第三位参选人家中。

第三位参选人是个有钱的大地主,镇上某个村全属于他。他的几个粮仓储满稻米。我们才走近大门,就遇见那些在叔叔筵席上和法官家里碰到过的熟面孔。他们扛着大袋白米走出门。我们赶紧走到最大的粮仓那儿。

选民们依次排队,拿到白米就离开。老爸拿到他的那份后,也离开队伍,走到旁边等我。轮到我的时候,大地主朝我抛来一袋米,我伸出双手接,却整个人摔到地上。

"孩子,可别随便投票啊。"他说。

"等我长大,一定要投票给您!"我说。

"这才像话啊,好孩子!"他说完,多抛给我一包米。

老爸和我走回家,把几袋米堆到桌底下,出发前往第四位参选人的总部。

她的名字是玛利亚,二十一岁,先前在马尼拉读书。一头短发,涂着口红。她把公立学校当作自己的竞选总部。

我们抵达时,她正对着操场上的男男女女高谈阔论。我们拉来一条板凳坐着听。

"把自由还给女性!"她大声呼喊,"让她们和男人一样,都能进入公家机关做事!"

男人们用力鼓掌,起立致意。他们把帽子扔向天空。老爸冲到台前,站在这位女孩参选人旁边。

"没错!"他大喊,面带狡猾笑容紧盯着她,"把自由还给女人吧!"

这位女孩握住老爸双手,走到舞台前沿。

"你们眼前这个男人是最实在的农民!"她对着群众高喊,"你们当中,有多少人像他一样?"

几乎所有男人们都起立叫好。

"没错,亲爱的战友们,"老爸说,"为了全新的自由投票吧!"

男人们再度起立欢呼。老爸走下舞台,驻足于建筑物后边等待。我跟着他。不久,那名女孩腋下挟着一瓶酒现身。

"我不会喝酒啊。"老爸害羞地说。

"不管,请收下吧。"她说。

眼见老爸完全不碰,我便接下了那瓶酒。不过,她才刚离开视线,老爸就一把拿走。我们又往下一位参选人的总部前进。

他的名字是本（Ben），二十五岁了。本名是本杰明（Benjamin），去了一趟美国回来，名字就缩短了。但实际上，他真正的名字应该叫 Benjamin Sabado，后来改名为 Benjamin Saturday（礼拜六），因为 Saturday 跟西班牙语单词 Sabado 的意思一样。选民们老爱把 Saturday 念成"撒 - 土 - 地"。

此时已经晚上七点，选民们仍流连于各个选举总部。当我们抵达本的住所，一片灯火通明。庭院里音乐家正演奏着音乐，年轻人于树下跳舞。本在大门边支起一座大型舞台。

本正在舞台中央。音乐停止，他用力鼓掌叫喊，吸引大家注意。

"各位先生、女士——"他说，"接下来，我们将要亲眼目睹，来自好莱坞的精彩舞蹈表演！"

男男女女引颈期盼。本的妻子——来自德州的墨西哥女孩——从白色帘幕后走出来。他坐在鼓边，慢条斯理地敲击。这才不是什么好莱坞音乐，应该算好莱坞式的南美洲伦巴瞎搞创作。演出接近尾声，女孩驻足舞台中央，开始脱衣服。

第八章 老爸的政治理论

女人们喘气、叹息。男人们踮着脚尖,强挤到舞台边缘,眼珠子差点没跳出来。大家紧盯这位异国女孩轻解罗衫,直到仅剩的最后一件,舞台帘幕瞬间落下。

男人们歇斯底里嘶吼。帘幕再度拉了上来,男人们大声欢呼、狂喊。老爸也踮起脚尖,试图再跳高一点。帘幕终于放下,灯光熄灭。男人们留在原地意犹未尽地聊天。过了一会儿,他们开始散场去投票。

我在公所外等着老爸,出来后,我们一起前往瑟吉欧叔叔的家。院子里挤得水泄不通。白天那些大腿边挂着布袋的男人们还坐在桌边。他们的袋里满满都是食物。我们爬梯子上去,走进客厅。

"老哥,你觉得我有胜算吗?"叔叔问。

"你把牛牵过来了吗?"老爸问道。

"就在院子里。"

"你赢定了。"

"赛弥恩,你怎么知道?"

"你有十头牛,不是吗?"

"没错!"叔叔说。

"那就够了。"老爸说。

叔叔信心满满,走到窗边叫唤他的一个儿子。

"多格,把牛宰一宰!"他说。

老爸冲到窗边:"不可以!等开票完再说。"

我们走下屋子,在院子里随意游走,看哪张桌子的菜色最丰盛,就坐下来吃。客人们来来去去,跟游行差不多,身上全挂着打包用的袋子。他们满载而归,然后继续带着空袋来到我叔叔家。

快午夜时餐桌才撤下。叔叔的好朋友们跟各自的斗鸡围在院子中央。尽管整晚喧闹不休,我和老爸仍旧天一亮就来到公所。选举结果已经公布在广场中央。

本·礼拜六高票当选,瑟吉欧叔叔位居第二。老爸失望透顶,因为他把票投给叔叔。回家路上,我们完全提不起劲跟路人打招呼。

等我们一抵达市场,一个堂哥说瑟吉欧叔叔正等我们过去。我们赶紧跑往他家。

"这真是难得的好日子,老哥!"叔叔说。

"你在胡说什么啊,瑟吉欧?"老爸问。

"本·礼拜六今早心脏病发,死啦!"他说,"现在我是镇长了!"

"恭喜啊,镇长!"老爸说。

"赛弥恩,谢谢你。"叔叔说。

等到人潮全散光,老爸将我叔叔拉到墙角。

"对了——"老爸说,"我现在可以把那十头牛牵回家了吗?"

第九章

老爸也有老爸

老爸很少提起爷爷,我们都清楚他在隐瞒什么。我的哥哥们见过那个老人,形容他气质神秘。他们老爱把他挂在嘴边,但这些故事我从没放在心上。直到十岁那年我见到他,原本的怀疑瞬间转为热切崇拜。

那时我正在院子里喂狗,一个男人出现在农场边。太阳刚下山,屋前的道路因为树影遮蔽而显得阴暗。老爸走近窗边,将手放在眼睛上方,仿佛弯曲的手掌能够让视力提高。他下到院子里来,拖出屋檐底下的大陶瓮准备接雨储水。

"儿子,一定是你爷爷来了。"老爸说。

"他还活着吗?"我问,"他到底住哪里?"

"我不知道啊,儿子,"他说,"十年前他来看你的时候,我忘了问他。"

"爸,那他几岁了?"我问。

"七十六岁。"他说。

"他都年纪一大把了,不该到处游荡。"我说。此时,我看见一个老人扛着重物走进大门。他的体型和老爸差不多,但他肩上扛的东西,竟然比他个头高上两倍。一走进院子，他就把那一大袋东西卸在地上。狗见到他，还吓得躲进我家后面的灌木丛。

"赛弥恩，这是你的儿子吗？"老人问。

"爸，他是我小儿子。"他说。

爷爷抓住我的手，往我背后一擒。痛死我了，但我不敢说。他放开我，走近他的行李。突然，他又揪着我的头发，将我整个人往上提，我的双脚离地整整四英尺高。接着他再松开手，放我下来。弯身重新扛起那堆重物。

"我可不敢确定啊，赛弥恩。"老人说。

"他就是我的儿子。"老爸说。

"那他干吗不还手？"老人问。

"他出生的星象跟我们不一样。"老爸说。

"你是说他以后会是个谋略家啰？"老人问。

"他的确头很大，"老爸说，"也不爱吃饭。"

"他喝酒吗？"老人问。

"当然。"他说。

"你比较喜欢喝酒吗，孩子？"老人问我。

"我喜欢喝酒，没错。"我说。

"我太开心了，孩子。"老人说，"赛弥恩，恭喜你。"

爷爷把东西扛进屋，再下到院子里来。他跟老爸同坐一块大木头，踏在地上的两脚张得好开。天色已暗，夜行的鸟儿在树上吱喳轻鸣。老爸生了火，我们围坐火堆。我家的狗也回来了，蜷曲身子躺在火堆旁。老爸填满他手中的 sodsodan（用来研磨口嚼烟草的竹管），并朝着火堆啐了口口水。

老爸走到房子下方，挖出一坛酒——两年前我们用牛粪埋起来的。他将那坛酒提来火边，要我回屋里拿几个杯子下来。等我回来，爷爷已经迫不及待把帽子放进酒瓮里。他一手抓着帽子，另一只手托在帽子下方，就着帽檐喝酒。喝光后，戴回帽子，再把滴落于手心的酒喝个干净。

老爸倒满酒杯，递给爷爷和我。喝到第三轮，爷爷忽然跳了起来，两手叉腰在火堆边踱步，踢起地上野草。

"赛弥恩，当男人可真爽。"他说，"整晚待在火堆边，和小鬼一起喝酒。你可以和其他臭味相投的男人聊整夜，还有个小鬼陪你们整晚喝酒。我记得我那时候还小，我那刚从战场回来的老爸也还算年轻。我习惯整晚不睡就为了听他说故事。想想现在的男孩子还真没骨气,全都软趴趴。就算让他们整晚陪着,就算他们全坐在一块儿,也跟蛤蜊一样死不开口。"

"你说得没错。"老爸说,"我要去……"

"让我说完,赛弥恩。"老人继续,"呃,我的老爸跟他兄弟们都在追求同一个女孩。我老爸个头最小,人也不是挺机灵。他们拜访女孩的家长,说出心里的打算。'想娶我女儿?'女孩的父亲说,'咱们先坐下来,喝酒聊聊吧。'女孩的父亲在桌上放了一大壶酒,开始说话、喝酒。然后呢,我的老爸也一块儿喝起来。酒杯在桌上轮转,但他们的眼神始终在女孩身上。我的老爸对他一个兄弟说:'卡尔多,这女人我要定了。'我伯伯起身,抚摸女孩的手,眼神打量老爸。我的伯伯卡尔多是三兄弟里最强壮的。女孩的父亲嗅到麻烦的气味,立刻起身说:'男孩们,咱们来向得到我女儿小手的赢家敬酒。'酒杯纷纷举起、传递,没过多久,我的叔叔多洛格——三兄弟中年纪最小的一个——摔下桌,整个人躺到地上。他的双眼依然看着女孩。他紧抓她的一只脚,就这样睡着。我的伯伯卡尔多——那个大个子——走到我爸面前,重重打了他的脸。'这里的女孩子,你一个都配不上。'他这样说。但是那个女孩早就决定要嫁给我爸。卡尔多伯伯倒满酒一口饮尽,他试着单手爬梯,却重重摔在地上两次。他躺在地上,女孩的父亲数着他的脚趾头。"爷爷倒满酒,继续绕火堆快走,双手依然叉腰。"我告诉你,赛弥恩,"他说,"我的老爸从头到脚都是好人。他起身,一把扛起女孩,要带她回家。多洛格叔叔还抓着她的两条腿不放,后来走到河边,他就摔了下去,一命呜呼了。至于卡尔多伯伯,他醒过来后,整整哭了一天一夜。他失去了那个女孩,他把这笔账算在酒上面,从此滴酒不沾。他是个很寂寞的男人啊。"

爷爷再添了一杯酒,坐回大木头。换老爸起身,双手叉腰,也开始绕着火堆走。雷声隆隆,天空下起雨。雨水滴入屋檐下的大陶瓮。火焰熄灭,我们仍在雨中谈天。

"我儿子也个个麻烦。"老爸说,"尼卡西欧是一头笨牛。我告诉他:'儿子啊,去马尼拉读法律吧。我们镇上有些人真该接受法律制裁。'没过两个月他就跑了回来,还娶了个新娘回家。"

他走回火堆处,面对我的爷爷。

"老爸——"他说,"如果你也跟我一样有这种胆小鬼儿子,你会怎么办?"

老人起身走向火堆沉思。

"如果我是你……"他说,"我会把他送到山上,然后……"

"先让我说完——"老爸说。

爷爷坐回大木头,装填自己的 sodsodan,慢慢研磨烟草。

"然后呢,我的第二个儿子,"老爸说,"这个欧宋啊,是个混账东西。年纪轻轻就离家出走,带了一点钱回来,就对我呛声:'老爸,你就坐着,什么都别做,我会买酒给你,你想喝到死也没问题。'他果真这样干。至于第三个儿子……然后第四个儿子,伯尔多,我从没见过他这种人。害我常起疑:'他是我亲生的吗?他怎么可以看起来就一脸不老实?我明明是个老实人啊。'我就是这么对自己说的。而我这个老幺呢……"

"他怎样？"老人问，"我小孙子怎么了？"

他跳到我面前，我可以从他大开的两腿间看见老爸的脸。

"他太安静了。"老爸说。

"或许是你把他当奴隶使得太过度了。"老人说。

"他五岁我才叫他工作，"老爸说，"在这一带已经算晚了。"

"你让他好好吃饭了吗？"老人问。

"他又吃不多，"老爸说，"我搞不懂他到底出了什么问题。"

"孩子，你在烦恼什么？"老人问。

"任何事。"我说。

"任何事？"老人问，"任何事是什么意思？"

"空气。"我说。

"空气怎么了？"老人说，"空气很好啊。"

"人。"我说。

"人？"老人说，"人也很好啊。"

"太多人了。"我说。

"太多？"老人问，"你夜里会做梦吗，孩子？"

"五年来我都做同一个梦。"我说。

"你懂我的意思了吧?"老爸说。

"孩子,那个梦是关于什么的?"老人问。

"我梦到一只白色苍蝇往天堂飞。"我说。

"你梦到一只白色苍蝇往天堂飞?"老人问。

"他有名字。"我说。

"你现在懂我的意思了吧?"老爸说。

"那只苍蝇后来呢,孩子?"老人问道。

"他在天使之间兴起一场革命。"我说。

"这什么诅咒啊?"老人说。

他凶猛地对空气出拳,像头饿坏的猪发出呼噜声。他蹲下来,两手抓住我的腿,把我头下脚上提了起来,用力甩动,再把我放回大木头,继续发表演说。

爷爷是一名很棒的演讲者。他站着演讲一个多小时,然后换老爸接手,也讲了差不多的时间。他们轮流起身高谈,像是什么公众论坛一般。他们大吼大叫——所有菲律宾人都爱这种调调。他们的音量不曾转弱,因为杯子里总装满了酒。就这样,他们演讲了整整一个晚上。等我醒来,雨已停歇，身旁多了另一堆火。太阳高挂半空，我的爷爷竟然还没讲完。老爸倒在大木头边，酒壶空空，杯子也全破了。

爷爷朝老爸脸上泼水。老爸吃力站起身，朝梯子踉跄走去。他一阶接着一阶，小心翼翼向上爬。要下来的时候，整个人摔在地上，然后他干脆爬到爷爷坐的大木头那边。

"我还没挂呢。"他说。

"你早就挂了。"老人说。

"七十六岁的恶棍怎么可能比我会喝？"老爸说。

"赛弥恩，想喝赢我，下辈子再说吧。"老人说。

老爸抓起爷爷放在桌上的 sodsodan，放进辣椒粉。爷爷没注意到。等老人一把烟草放进竹管，老爸便在大木头旁打滚，脸上露出胜利表情。爷爷手握锐利小刀，把烟草块削成片状放在手心，揉成一团塞进嘴里。忽然，他惨叫一声，身子高高弹起。他跌坐在地，老爸放声大笑。爷爷像条疯狗一样，爬到我们家放猪打滚的稻田泥地，整张脸埋进泥水堆，两条腿激烈地在草地上抽搐、踢动。

他的嘴巴像火烧过。他朝着双手吹气,用力打脸,想把热辣感觉拍散。一旁的老爸早已呼呼大睡。他的眼角带泪。爷爷把老爸扛进屋里。

我这才明白,为什么我的哥哥们如此崇拜爷爷。他是个货真价实的男子汉。

第十章

和老爸混一天

事情发生在某一段炎热无比的夏日,那时我的哥哥们全都回家短暂探亲。本来就喜爱研究机械原理的欧宋,正在后院修理我家那辆轮子坏掉的牛车。波隆坐在客厅的小桌子前,观察玻璃杯里两只甲虫互相追逐。尼卡西欧上上下下进出房屋,最后停在窗户前凝视远方。老爸则睡在炉边的地上,一大团苍蝇飞啊飞,想钻进他的嘴巴里。

事情发生那一刻,我正带着瑟吉欧叔叔的斗鸡进门。伯尔多坐在厨房长凳上吃饭,原本正在捏饭丸子那只手忽然停在空中不动。他说:"我想结婚了!"他把丸子放到木碟上,以俨然陌生的姿态,看着屋里每一个人。斗鸡借机溜走,在屋里乱窜。

老爸猛然合上嘴巴,倏地起身,在厨房里绕了两圈。

"谁说的?"他问,"是谁说了这么俗气的事情?"

"是我说的,老爸。"伯尔多说道。

波隆最先听到这句话。他急忙转身,弄乱了桌子。原本装着战斗甲虫的玻璃杯摔破在地面。他跑进厨房，站在伯尔多面前，开口对他讲了几句话，才又跑回客厅。他跪在地板上，在碎片和地板缝隙之间寻找他那两只甲虫。欧宋也听到了，他拿着槌子跑进屋里，瞪着伯尔多，表情十分古怪，好像准备敲打对方的头。槌子在他两手间轮流交握。

尼卡西欧走到伯尔多面前，重重打了他一巴掌。

"你太小了，不该有这种想法。"他说。

"全部闭嘴，"老爸大吼，"让我专心思考。"

我在屋里追着斗鸡跑，很担心它会溜掉。老爸捉住我的腿，绊倒我，随即把我当成椅子，坐上来严肃沉思。我的哥哥们站在他身边，等待他的决定。

"孩子，你是想要有人一起睡觉吗？"老爸问。

"是的，老爸。"伯尔多回答。

"你觉得十二岁的人可以当爸爸吗？"老爸问。

"你不就在十二岁当了爸爸吗，老爸？"我哥哥说。

"对我来说当然没问题，"老爸说，"我很强壮啊。你能够展现强壮气概，证明就算老婆抓狂也有能力处理吗？"

"我已经可以撂倒他了。"伯尔多说,他的食指指着我。

老爸从我背上起来,拉了我一把让我起身。伯尔多掐住我的脖子,想让我躺下,我用尽全身气力,两手紧紧抓着他的右腿不放。他挣扎许久,朝我的小腿奋力一踢。痛死我了!那痛楚立刻传到我的大脑。我马上抓住他的头发,用力一扯。他先是尖叫,随即发出怒吼,对着我的腰部猛踹。我手一松,放开他的头发,他整个人摔在地上。他又抬起左脚,准备往我的头踹过来,但欧宋拿起槌子朝他膝盖一挥。他抱着膝盖,痛苦地往厨房角落爬去。他坐起身子,对着槌子撞击处猛吹气。

我用膝盖撑起身,朝他扑过去。他的眼眶泛满疼痛的泪,两腿对我猛踢,但一切都太迟了。他再度摔倒,另一个膝盖撞到火炉上。现在,他躺在地上等待着我,眼神紧盯着我在厨房的动静。他忽然跃起,一把抓住我的左手臂,找到我的食指,残酷扭转直到发出响声。我一头撞到地板,一手捂住自己的嘴巴。

他的膝盖受伤,再也爬不起来。尽管如此,他还是抓住了我。他把我的头夹进两腿之间,我没有尖叫,也放弃挣扎求生,疼痛如烫热的铅块传遍周身,但我只能大口喘息。我听见瑟吉欧叔叔的斗鸡攻击他,朝他的腿猛啄、抓伤他的脸。伯尔多大叫,同时放开我,急忙翻身护住自己的脸。我站起来,抓住那只斗鸡,把它绑在长凳旁。老爸扶起伯尔多,拿酒精擦拭他的脸。他切下几块烟草,敷在他的膝盖上。伯尔多发出痛苦的叫喊。

"你还想要讨老婆吗,儿子?"老爸问。

"我要有老婆照顾我的伤势。"伯尔多说。

"欧宋,牛车修好了吗?"老爸问。

"载十个人都没问题,如果你是这个意思的话。"哥哥回答。

老爸把伯尔多抱上牛车。我们跟在后头爬上去。欧宋牵好绳索,拿起竹条驱策水牛。

"我们到村里去。"老爸说。

老爸向来不喜欢镇上的女孩,村子里倒是有几个女孩吸引他的注意。时候到了,他就要带我们去挑选老婆。他一直希望我的哥哥们对结婚感兴趣。

不幸的是，直到最近几年他们才终于想到结婚这档事儿。甚至遇过有些女孩闯进家里，一直待到我的哥哥们离家，他们从不曾回来迎娶她们。我的爸妈费了很大的工夫说服她们离开，让她们别再等了。

"我不喜欢村子里的女孩，"伯尔多说，"她们闻起来有草和泥巴的气味。"

老爸沉默不语。欧宋驾车累了，把绳索交给波隆，自个儿躺平，把帽子放在脸上睡着了。他呼呼大睡，直到我们跨了河才醒来。他全身湿透。当我们驶近村子里第一间房屋，老爸从波隆手上接过绳索。

"停在这间房子前。"他说。

我们下车，走近这间被烟草田包围的小草屋。老爸抢先走进大门。欧宋解开水牛的缰绳，放它在玉米田上自在慢走。

一个男人在屋子下方劈柴，他从柴火堆里抬起头，同时放下手上的工具。

"时候到啦，巴耀！"老爸向他打招呼。

"很好！"他说，他的脸上闪过一丝愉悦的光晕，"是哪一个？"

老爸指着伯尔多。男人眯起眼睛凝视伯尔多，他朝他靠近，绕着他走了两圈，从头到脚衡量伯尔多，仿佛他是一匹待售的马。他走回父亲身旁，眼中的愉悦光晕消失无踪。

"我以为是你的其他儿子。"他看着波隆说道，"他很壮，我喜欢。他应该禁得起我这片烟草田的苦活。"

"只要给他几年时间就够了。"老爸搂着伯尔多肩膀说，"他不像我最小的儿子一样爱喝酒。只要给他足够的米饭，他只需要米饭，身材就会长壮，不过他的内心可能壮大不起来。"

男人把女儿从屋里叫下来。穿纱笼的她迅速爬下梯子。赤着脚，那头黑亮长发垂到膝盖。

"她看起来好苍白，有点病恹恹的。"

"没错。"男人说道，"她出生后，我就不让她出门。我希望她的皮肤可以白一点。她的其他姐妹成天在外晒太阳，皮肤都黑黑的。你看，她们嫁给了什么样的男人？像我一样的农夫！"

"你喜欢她吗？"老爸问伯尔多。

"她太高了。"他说。

"你过一阵子也会长高啊。"老爸说,"你只小她十岁。几年后就没差别了。"

"我喜欢的是娇小的女孩啊。"我哥哥说。

"她老爸有一大片烟草田啊!"老爸说。

"我要烟草干吗?"伯尔多抗议道,"我又不抽烟,也不嚼烟草,这田会长钱吗?"

老爸忽然意识到,要是他告诉我哥哥烟草田能够赚大钱,那他铁定会把一切搞砸,伯尔多可是一个赌徒啊。老爸走到女孩身边,拍拍她。

"我这五个儿子,你喜欢哪一个?"

她指着欧宋,呵呵笑了起来。

"小女孩,你不会喜欢他的,"老爸说,"他不长进,人又懒惰。"

"我就喜欢他,"她说,"我要他,就跟要烟草一样。"

"小女孩,你抽烟吗?"老爸问。

"我吃烟草。"她说。

伯尔多从她身边退开,仿佛她是一头会攻击他的水牛。尼卡西欧朝老爸猛做手势,拼命眨眼。我很清楚尼卡西欧喜欢这个女孩。老爸要他闭嘴。

"我喜欢她啊！"尼卡西欧低声说道。

老爸抓住他的手，带他到女孩面前。"这个呢？"他把尼卡西欧介绍给她。

她向后退了一步，摇摇头。

"他会读书，"老爸说，"你不喜欢吗？"

"他也会吃烟草吗？"她问。

"看来我们没办法达成共识，巴耀。"老爸对男人说，"我们再找时间过来，以免错失良机。再见。"

欧宋把缰绳系到水牛身上，我们挤进牛车，朝下一间屋子出发。

五个女孩正在院子里捣米。她们握着木杵，轮流捣着石钵里的 palay（剥除米糠后的米粒），一声接着一声，听起来仿佛有五个风箱同时在运转。看见了我们，她们其中一个女孩跑进屋子，请她们的父亲下来。

"时候到啦，雷凯！"老爸说。

老人朝我们走来，协助欧宋解下牛身上的缰绳。我们走到女孩们身边。她们不再捣米，上半身靠着木杵。她们将沾染沙尘的双脚擦干净，带着期待混合焦虑的心情在一旁等待。她们清楚挑老公的时候到了。

"想到要把你们嫁出去我就难过，"老人对女儿们说，"不过既然有一群好男人在这儿，你们就快挑吧。"

女孩们将木杵放到草地上，犹豫不决。突然她们全冲向我，一个个抓住我的手，差点没把我分尸。

"这一个！"她们说。

老爸一阵吃惊，退了好大一步，转身面对老人。他想开口反对，不料老人却阻止他。女孩们全围在我身旁。

"那个不行，"老爸最后还是开口了，"他年纪太小了。"

"我们就喜欢他，"女孩们说，"反正他会长大啊。"

"他不好，"老爸反对，说道，"他喝酒像马喝水一样。你们看不出来他眼睛里都是血丝吗？"

她们跪在草地上盯着我的眼睛瞧。她们彼此点头示意，交头接耳说了一堆悄悄话。然后她们起身，走向她们的父亲。仿佛被一阵强风吹着跑似的，她们突然转向，朝波隆奔过去。

"这个呢？"她们说。

"你们不能全部都嫁给他。"老人说。

她们的失望全写在脸上。其中一人折来五根稻秆，握在手里。她的姐妹们各自从她手中抽走一根，接着比较稻秆的长度。最年轻的女孩抽到了最长的稻秆。她们将她推到波隆面前。

"我不喜欢她！"他说，"她好胖！"

"她一定会瘦下来的。"老爸说，"逼她工作，像奴隶般使唤她。我就是这样对你妈的。她跟我结婚前比这个女生还要胖，但你看你妈现在的样子，跟稻草人没两样！"

老人从屋里拿出一张纸。

"这是我稻田的地契，"老人说，"现在连同我女儿一起交给你。"

老爸接过文件，催促波隆把女孩抱上车。欧宋跑到牛车旁，把缰绳系到水牛身上。

"我可以帮你抱她上车吗？"尼卡西欧说。

老爸把他推到一边。女孩自己爬进车,坐在木板上。老爸搂着波隆,要他坐在女孩身旁。

"别忘了回来迎娶我其他的女儿啊!"老人大喊。

欧宋朝水牛背上用力抽鞭。我们飞快越过广阔的稻田,朝小镇赶去。伯尔多搂住那个胖女孩,开始哭起来。

第十一章
老爸结婚记

老爸和老妈结婚那天,他已经五十多岁,我们这些小孩也早就长大成人。他尊重婚姻制度,但是接连不断的战争与革命不仅打击了菲律宾的国势,也搅乱了他原有的生活。他选择了终身伴侣,却直到生下孩子,甚至某几个小孩早已结婚生子,才决定要举行婚礼。那时,新上任的当地政府决定为许多尚未正式登记的夫妇提供公证结婚服务,我们全家人才浩浩荡荡地参加集体婚礼。那一年,我们都住在镇上。

当天,年纪稍长我一些的伯尔多——当时已经十五岁了——和我一起到镇上市场卖椰子。我的堂哥佩德罗跑来通知,说老爸正在公所等我们。我们用尽吃奶力气往前跑,不料才抵达校舍,伯尔多倏地停下,脸上浮现惊愕的表情。

"我刚想到玛利亚!"他说。玛利亚是我们邻居的女儿。

"快迟到了!"我说。

"我们回去接她。"他说。

"要是我猜得没错——"我说,"你想娶她。"

"她年纪够大,可以生孩子了。"他说。

"她才十三岁!"我说。

"她下个月就满十四了。"他说。

"你分明是找死。"

我们掉头跑向玛利亚家,站在她家院子前。伯尔多笨手笨脚地爬上她家篱笆,朝她妈妈大喊。

"你想要我当女婿,对不对?"他大喊。

"我家女儿才不会嫁给懒惰的邻居。"她对着窗外喊回来。

"总不会想要一个跟你老公一样笨的女婿吧。"他说。

玛利亚早就爬下她家梯子了。她急忙奔到门口,我们上前和她打招呼。她妈妈在窗边对我们破口大骂,但我们三个拔腿就跑,朝着公所笔直奔去。

当我们来到公所,放眼望去尽是村里的农民与劳工,他们难得全身干干净净,带着妻子一同前来。他们正在排队,准备签下公证结婚的文件。他们的小孩在沙尘里玩耍。书记官坐在公所大门外的桌子前,每位新郎一走近这张桌子,就会卷起棉质衬衫的袖子，紧握桌上的笔，笨拙地弯腰书写。

波隆哥哥跟他的老婆和小孩、欧宋哥哥跟他那一家子、尼卡西欧哥哥、我的两个姐姐，还有我妈妈，全都排在队伍之中，老爸押队。

"这个小女孩是谁？"老爸问伯尔多。

"她是你未来的儿媳。"我的哥哥这样回答。

"她够格吧。"老爸说。

"她是镇上最棒的女孩，如果你是这个意思的话。"伯尔多说。

"女孩，你想当我家儿媳吗？"老爸问玛利亚。

"想！"她说。

"你能够帮我生很多孙子吗？"老爸问。

"会。"她说。

"没问题，"老爸说，"进来排队吧。"

四名警察走出公所，拿着一条长绳在空地上围出四方形范围，他们要我们全走进四方形里面等待，他们四个人则分别驻守在范围外的四个角落。有些农民随身携带小酒壶在群众里传来传去。外头温度高得让人睁不开眼，飞扬的尘土像大雨前的乌黑雨云。

终于，镇书记宣布：想在公所接受法官公证，而不是在教堂接受神父证婚的新人，可以进来了。老爸朝长绳的开口走过去，不忘提醒老妈和全家人跟上来。波隆哥哥牵起小孩的手跟着，欧宋哥哥押队引领家人前进。我们朝开口过去。尼卡西欧最后离开。然后，我们发现我们竟然是唯一愿意在公所结婚的家族。

我们随着书记官走进公所，来到法官室。

"你们想要我证婚啊？"他问。

"是的，法官。"老爸说。

"你有多少小朋友了？"

"报告法官，有七个，"老爸说，"五个壮男孩，跟两个乖女孩。"

"但你们这里总共有十九个人。"

"有些是我儿子的妻小。"老爸说。

"小孩排在我右边，小孩的小孩则排在左边。"

"是，法官。"老爸说。

老妈移到法官右边。波隆、欧宋、尼卡西欧、我的两个姐姐，还有我，一起跟在她后头。波隆和欧宋的妻子则走到法官左边，他们的七个小孩也各自排成两队，跟在后头。老爸、伯尔多和玛利亚站在法官面前。

"你是谁？"法官问伯尔多。

"他也是我儿子。"老爸说。

法官指着玛利亚，问道："这个小女孩又是谁？"

"她是我未来的儿媳。"老爸回答。

"你想要娶她吗，小子？"

"是的，先生。"我的哥哥这样回答。

"你不觉得还太早了吗？"

"报告法官，对我们来说这不是问题。"伯尔多回答。

"同时有这么多婚事在进行，你确定应付得过来吗？"法官问老爸。

"我们会尽力不搞混。"老爸回答。

法官满脸疑惑看着左右两边的队伍，观察两位哥哥的妻小。突然，他的眼神游移过来，仔细打量了我一番。

"这也是你儿子吗？"他问老爸。

"是的,法官。"老爸说。

"才不是。你看你搞混了吧!"

"法官,我不明白。"老爸说。

"他那么小。"

我看看哥哥姐姐,再看看哥哥们的小孩。一种自卑感袭来,我才明白不论跟哪一方比较我都是个子最小的。我明明比我最年长的侄子还要大,但站在他旁边一比,我看起来就像侏儒。

"他都这年纪了,怎么可能个子还那么小?"法官问。

"他喝酒。"老爸说。

"小子,你何时开始喝酒的?"

"五岁的时候。"我回答。

"你喜欢喝酒吗,小子?"

"当然喜欢。"我回答。

"你手里那水壶里装酒了吗?"

我点点头。

"过来,小子,"法官说,"带着酒壶,坐到我旁边来。"

我的两个姐姐咯咯笑。我坐到法官身边,水壶搁在大腿上,最小的侄子们对我做鬼脸,嘲笑我的长发。他们也猛跺地板,嘲弄我的大脚丫。

"我看看……"法官说,"结婚的儿子跟太太站在一起,小孩排在爸妈后面。其他还没结婚的孩子们,除了这小子以外……"他拍拍我的头,"都站在你们后面。"

我那结了婚的哥哥走向各自的妻小。法官打开一本书,用西班牙语念诵,并且记录下我们的名字。结束后,他从高椅上起身跟我们握手,先是爸爸,然后是我们每个人。

"法官,这是给您的谢礼。"老爸说完,拿出一篮鸡蛋。

"谢谢你,先生。"

"我明天会送一只羊来。"老爸说。

"再次谢谢你,先生。"

"您帮了我大忙。"老爸说。

"你们才为我增光不少,"法官说,"你们可是镇上唯一愿意让我证婚的家庭。"

"说到这个——"老爸说,"有人通知说,你证婚是免费的。"

"教堂结婚也是免费的吧。"法官说。

老爸张大嘴。他抓住老妈的手,要我们跟上他。我们冲出公所,发现原本待在这里的农民跟劳工们已经全去了教堂。我们紧追在后,在广场边缘朝公所回望。法官正站在窗边朝我们挥手。

"你们要去哪里?"他大喊。

"要再结一次婚!"老爸回答。

"你们不能这样!"法官大叫,但我们早已横越广场,穿过校舍。老爸被石块绊倒,跌进田里。老妈急忙找来长竿子递给他。我们把他拉上来,他坐在草地上,脱下湿答答的衬衫。我们接着继续跑向教堂。老妈把裙子夹在两条腿之间,奋力跑在全部人前头。

人们从窗户往外探,为我们欢呼,公交车司机也按喇叭致意。教堂由两名警官守卫,他们大笑着帮我们开门。老爸气喘吁吁地跑进去,拧干衣服穿起来。

我们在他后头排好队,一齐走向祭坛。祭坛旁站满男男女女和小孩子,大概有两百对新人准备结婚。神父站在小平台上。此时,典礼已接近尾声。

我们安静站立，等他念完证婚词。蜡烛在圣像前燃烧，结束后，神父消失于黑色布幔之间，警卫推开大门。我们走向阳光普照的广场。

我们来到学校操场，政府已经准备了几十张摆满佳肴的桌子，够让所有人都饱足一餐。老爸盯着我的小侄子、小侄女直瞧，脸上洋溢心满意足的光彩。

"开酒来喝啊，儿子。"他对我说。

"被法官拿走了啊。"我说。

第十二章

老爸的寂寞夜

那一夜，大雨落到屋顶，听起来像一支蝗虫大军正在攻击玉米田。老妈起床关窗户，以免雨水打进屋里。她走到我们储放厚毯的架子前，抽出一条毯子，盖在我两个姐姐身上。她们肩并肩睡在屋内一角。老妈走回床位，盖上毯子再度入睡，睡到舌头都外露了。

老爸黎明前夕才到家。我听见他推开大门，院子里发出嘈杂声响。我们邻居也被他打扰了睡眠。老妈在黑暗里睁着双眼，她早在等着他。老爸走进屋，停在门边。我翻过身，试图在黑暗中辨识他的位置。他腋下挟着一捆东西。有个男人站在他旁边。

老妈也看到他们了。她抬起头，用手撑住下巴，专注地在黑暗中监视两人的一举一动。他们轻缓地走进厨房，把东西放上板凳。老爸关起门，点燃火柴。从客厅也能看见穿透门板缝隙的微光。

我起身，以双膝爬行到门边。老妈抓住我的脚，将我推开，交代我不准动。我安静待在原地，等她推门。她双手按在竹制门板上，准备推开。不料固定墙上门板的藤蔓冷不防断裂，老妈连同门板一股脑儿摔在地面。

老爸吓得跳起来。手里那杯红酒全洒到脸上。和他一起的男人则缩到他身后。老妈自地上爬起来，抬起门板装回去。她走到老爸面前用手指戳他的脸。

"这游民打哪里来的？"

"他不是游民啊，玛塔。他是农夫，有一大片甘蔗田，而且酿的酒一流。"

"赛弥恩，你又在打什么鬼主意？"老妈问。

"我句句实话，"老爸说，"不信你问卡洛·塔西欧啊，他可以作证。"

那男人想开口，但老妈疑神疑鬼紧盯着对方。她走到长凳边，数清楚上头红酒的瓶数，从架上拿来杯子，自己也倒了一些。

"你们去哪里偷来的这些高级酒？"她质问他们。

"我没有偷！"卡洛·塔西欧解释，"是我自己酿的。甘蔗田也是我的。"

老妈严厉地瞪着他质问："你看起来不像是会种甘蔗的人。"

"我就是啊!"他反驳。他走到老妈面前,向她摊开手掌。"这手还不够粗糙吗?"他骄傲地说,"你看我的手有多粗糙。这就是每天耕种换来的成果!"

"每天发牌,手也会这样。"老妈说。

"他是来谈生意的,玛塔。"老爸说。

"天亮了再来谈。"她说。

我再也睡不着。老爸和卡洛·塔西欧坐在长凳上。我起身,靠在门边,但门板却倒了下来。我赶紧闭上眼睛,把手盖在眼皮上,假装什么事也没有,没有厨房的光,也没有声音。不过就算眼前漆黑一片,光线还是透了进来。

"我现在就要看到她们。"卡洛·塔西欧说。

"她们还在睡。"老爸说,"早上再看。再两个小时就天亮了。"

"我给了你十加仑的红酒,不就是想要马上看到她们吗?"

"你以为这样够吗?"老爸问。

"在我们那边,五加仑就够多了!"他说。

"好！"老爸同意了。他走来客厅，一看到我便停下来。他站在我姐姐们前面好长一段时间，好像去了哪里旅行一样。当他看见老妈瞪着他的那眼神，又急忙走回厨房。

"她们还在睡。"他说，"你就不能再等两小时吗？你都等五十五年了。你是五十五岁，没错吧？"

"年纪会影响我们的交易吗？"卡洛·塔西欧问。

"你这辈子这么长，多花两小时没关系。"老爸决断地说。

那男人再倒了些酒。雨已停歇。老爸打开窗户，一阵温暖微风吹进屋里。

不久，清晨的光钻进客厅。老爸碰了碰我的肩膀，我假装熟睡打鼾。他两只指头捏住我的鼻子一转。我痛得差点哭出来，但他也不是故意的。每回他这样弄我，都是在帮我找机会。

"要来点吗？"他小声说。

"我又不渴。"我回答。

"一定要渴了才喝酒吗？"他问道，掐着我的脖子后方。

我站在酒瓶前，揉着惺忪睡眼。我知道接下来得陪他喝酒，每次只要他惹上什么麻烦，就需要有人作伴。卡洛·塔西欧睁大双眼，大概是他第一次看到喝酒的小男孩。

"这个喝起酒来像老头一样的小鬼是谁？"他问。

"我是他儿子。"我指着老爸。

他从我身边退开。"我不相信，"他说，"你们长得不像，但喝酒的样子倒像一个模子刻出来的。这小鬼的人生一开始就出了什么差错，是吧，赛弥恩？"

"你这话什么意思？"老爸问。

"没事。"他说，"只是这个怪小子长得跟你不像，就这样。小子，你喝酒的样子活像老头，到底跟谁学的？"

"跟我爸学的。"我说。

"我的老天，"他说，"我真不敢相信！"

"孩子，别理他，"老爸说，"再多喝一点酒。"

老妈第一个走进厨房，生起炉火准备煮早餐。

她把冷饭丢进炒菜锅，然后倒了椰子油。长凳上的老爸睡相很差。卡洛·塔西欧呆站在厨房中央。

我的姐姐们走进厨房。法兰西丝卡跟在玛瑟拉后头。她们分别是八岁和九岁。卡洛·塔西欧一见到她们，惊讶地倒退一大步。他走到老爸身边用力摇晃他。

"你骗我！"他大吼。

老爸自长凳跳下，对空气挥拳，以为正在对抗可怕的魔鬼。当他终于回过神，卡洛·塔西欧又继续摇晃他。

"赛弥恩，你骗我！"他说。

老爸张开嘴巴想说点什么，但他看到我那两个站在桌边的姐姐。他甩开那男人压在他肩上的双手，蹒跚坐回长凳。过往不良记录涌现脑海，老妈急忙冲到男人面前。

"你刚说的是什么意思？"她质问。

"就是一笔小生意嘛，玛塔。"老爸说。

"什么小生意？"她坚持要知道。

"这是男人之间的事！"老爸说。

"我给他整整十加仑的上好红酒，就是因为他说他有两个亭亭玉立的女儿,"卡洛·塔西欧说,"我想要娶一个当老婆。"

老爸看起来就像遭受兄弟背叛的受害者。他试图反抗老妈锐利、凶猛的眼神,但终究宣告失败。两个姐姐盯着他看,感到羞辱。

"把饭吃完。"老妈对姐姐说。她从橱柜拿出斧头,走到长凳前,挥手一劈就把红酒瓶全敲破。碎片撒落地板,有些从竹片缝隙掉出去,撞击地面,变成更细更碎的碎片。

老爸表情抽搐,仿佛被人从背后捅了一刀。那男人用手遮脸,等着斧头劈过来。他紧抓老爸,发了疯似的摇他。

"现在要怎么办?你说!"他问。

"滚啊!"老爸说完,把他推到一旁。

卡洛·塔西欧呜咽哭了起来,像弄丢心爱玩具的小男生。他走出我们家大门,朝大街跑,沿路号啕大哭。

入夜后再度下起豪雨,邻近地区全都淹了水。我们一家子待在屋里,这时候还涉水出门实在太危险。原本老爸想到酒铺买酒,不料半途就又湿又冷地折回来。他坐在靠近火炉的屋角,抱怨自己胃里寒意阵阵。我能体会那种感受。我缩成一团藏在角落,但是老妈一把揪起我头发,把我推到老爸那边。

"我需要好酒来暖胃!"他说,"我的胃好冷,我要死了。"

"那你干吗不拿他去交换十加仑红酒?"老妈说完,把我推到他面前,"他身体里的酒精够毒死一头牛了!"

老爸什么话也没说。整个晚上,他只是坐在墙角,拿着一包刚烧尽的炭灰贴在肚皮上反复按摩。他真的是一个好寂寞的男人啊。

第十三章
老爸与白马

老爸在我十一岁生日那天，带了一个牵白马的男人一起返回镇上。他在后院骑白马，一脸意气风发，朝我大喊让路。男人坐在一旁的大木头上嚼烟草。老爸还想着要骑白马过河，但男人要求老爸让白马休息一下。

"我就要买了，"老爸说，"难道没有权利骑一下吗？"

"你还没付钱。"男人说。

"你喜欢吗，儿子？"老爸问。

"这匹马很漂亮啊，"我说，"它有名字吗？"

"天国白驹。"老爸说，"你要不要骑骑看？"

"好啊！"我说。

老爸将我放上马背。我轻轻拉住缰绳，马儿先是绕着男人阔步，随后嘶鸣一声便跃过大门，朝着镇中心奔去。我试着回头看，但这匹马迈开脚步疾驰。我听到那男人叫我停下来。街上行人纷纷走避。马路两旁的建筑物窗户全打开来，人们兴致勃勃看着白马闪电般呼啸而过。

当我经过公所的时候，所有公务员全跑到窗边为我欢呼。警察局长从室内出来,急忙跨上自己的马紧追在后。我听见他快马加鞭,不时咆哮。公交车司机紧急刹车,朝我大骂。我的马儿跑到河边,它也听见另一匹马的追赶声。

它在桥边急停,而后一跃入水。紧追不放的局长也策马跳入水中。河水挺深的,但水流并不湍急。我们游到河对岸,从桥面较低的那侧登陆。

我们来到玉米田。我的马儿停下脚步,嚼食起鲜黄的嫩叶。警察局长也登上河岸,他把马停在我的白马旁边。

"小子,你从哪儿找来这么漂亮的白马?"他问。

"从一个不认识的人那边牵来的。"我回答。

"你是说,这是你偷的?"他问。

"才不是,长官,"我解释,"他要把马卖给我爸爸。"

"我很喜欢这匹马,"他说,"多少钱肯卖?"

"我不知道。"我回答,"我老爸也很喜欢这匹马。不过他没有钱。"

"我很乐意买下这匹马。"他说。

"为什么呢?"我说,"你早就有一匹好马了。"

"我喜欢它在街上飞奔,还有一口气跳进河里的样子。"他说,"它叫什么名字?"

"天国白驹。"我说。

"真是个好名字。"他说,"赛马场也没有过哪匹马叫这名字。我们来比赛看谁先到你家吧,我想见见那个人。"

我们一起骑回镇上。经过公所时,公务员全往窗外望,朝我们挥手。他们又鬼叫又踢墙。我们并骑马儿,一同向我家奔去,它们发出愉悦的嘶鸣。

老爸和男人等在门边。老爸跑向我,急切抢过缰绳,要我赶快下马。那男人愤怒难平地在马儿旁跳脚,痛骂我一顿。

"你弄伤它了!"他说,"你害我的天国白驹受伤了!"

"我会买下它。"局长说。

老爸立刻挡在白马边,仿佛要护着它不让其他马匹碰伤。

"我不卖。"他说。

"我才不是跟你说话。"局长说,"我付十比索。"他对男人说。

"我给你十五比索。"老爸说。

"二十比索,再加上我的马。"局长说。

"二十五比索——如果我能卖掉椰子的话。"老爸说。

"什么椰子?"男人问。

老爸指着瑟吉欧叔叔的椰子树。男人抬头一看,上头长满成熟椰子。他回头审视白马旁的红马,再回头看看那些椰子。

"成交。"他对老爸说。

"你用不到马啊,赛弥恩,"局长说,"你又不是政务员。"

"儿子,从这边到斗鸡场要多久?"老爸问我。

"骑这匹马过去,大概十分钟。"我说。

"你用不着骑这么好的一匹马去斗鸡场吧!"局长说,"卖给我,我让你当我的助理。"

"我又不认识字,"老爸说,"得个公家差事也干不了嘛。"

"你可以跟那些官员借钱啊,"局长说,"如果你想要，还可以从你们村子里的农民身上捞一笔！"

"走开，局长！"老爸说，"趁我还没答应你，快点走。免得我真的受不了诱惑去欺骗村里那些农民！"

局长失望万分。他拉起自己那匹马的缰绳，哀怨地看了男人一眼，朝镇中心走去。老爸骑上白马，命令它行动。

"快爬到椰子树上去，孩子，"老爸说，"我去镇上找买家。"

"那我可以分到多少钱？"我问。

但他已朝马腹一踢。那只动物抬起前脚，骄傲发出嘶鸣，一股脑儿向前朝大路狂奔而去。男人走进我叔叔的庭院，兴味盎然地抬头看着椰子树。我走进屋里，磨利镰刀，然后把刀绑在皮带上，就往瑟吉欧叔叔的院里去。

叔叔在斗鸡场斗鸡，婶婶正在另一个镇。我的堂哥们也全都不在。叔叔家的房子又大又坚固，但是屋子下的地面长满杂草。庭院里满是矮小树丛。椰子树结实累累等待收成，但叔叔老忙着斗鸡，婶婶则忙着玩牌。

我的堂哥诺诺以前会爬椰子树。他卖掉收成的椰子，每年都用那笔钱买一套新西装。有时候，也会买手帕送给村里的女孩。他甚至还从大城市里买来一台留声机。不过，他已经离家。他人在省会所在地念高中，和那里的女孩子打得火热。这可是我的堂哥啊。不管身在何方，总可以跟女生打得火热。他很少回来我们镇上，就算和要好的同学回来玩，也不会待太久。他跟爸妈要了钱，就在街上拦巴士回去。除非缺钱，否则他才不写信给他们。他们也只是单纯把钱寄过去，不附只言片语，他们根本没空写信。只有连绵雨天，他们才有时间待在屋里。换个角度看，他们家跟出租旅馆没两样。

等我采收完全部的椰子树，老爸也回来了。男人在庭院中来回踱步，数着收成。我从他盯着我看的得意表情来判断，这次他赚翻了。老爸把马拴在椰子树下，走到男人面前来。一名刚从牛车上跳下来的买家跟在老爸后头。他一共叫来了十辆车载椰子。

"儿子,你怎么这么厉害?"老爸问。

"得了吧,"我说,"我快渴死了。我这辈子从没爬过这么多椰子树。"

"这是我们的第一次收成啊!"他说,"我们等一下到波隆家去,采收他的椰子树。"

"我今天爬够了!"我说,"再说,波隆哥哥有把猎枪啊!"

"他就算开枪也打不到你!"他说,"你那哥哥根本瞄不准。我不知道他视力怎么会那么差,根本没有遗传到我。"说完,他看见一只狗正在舔裂开的椰子,拿起石头朝它丢了过去。石头却砸到路人老头的脑袋。

"我老哥跟你一模一样。"我说。

"别乱讲话。"老爸回答。

工人们走进院子,开始把椰子扛上货车。他们在货车两旁架了几排长竿。买家把现金交给老爸,老爸再将钱转交给拥有白马产权的男人。

"我的分红呢?"我问。

男人给了我二十分钱。买家跳上牛车,命令他的手下将车驶离。然后,我看见瑟吉欧叔叔若有所思地走回家。从他的神情判断,应该是又把钱都输光了。他手里还抓着死掉的斗鸡。突然,他停下来,抬头观察,像是听见斗鸡场上如雷贯耳的叫喊。他跑进院子,这才领悟自家椰子树出了什么事情。但司机们早已驾着牛车离开现场。

"赛弥恩,你又干了什么好事?"瑟吉欧叔叔说。

"我买了一匹白马。"老爸回答。

"用我的椰子买?"瑟吉欧叔叔问,"用我家刚成熟的椰子去买?"

"那是你的椰子树没错,但是你从来不爬上去摘啊!"老爸说。

"这些树可是种在我家院子里的,不是吗?当我还会辛勤工作的时候,可是我自己一棵棵把椰子树种在这里的,不是吗?"

卖白马给我老爸的男人偷偷溜到屋子后方,钻进灌木丛,消失得无影无踪。

"你明年还是可以收成啊。"老爸说。

"我等不到明年了!"他大叫,把死鸡朝椰子树一扔,"我现在就要钱!"

"我口袋空空啊。"老爸说。

"那我就送你去吃免钱饭,赛弥恩!"瑟吉欧叔叔说,一边朝街上跑,"你等着瞧吧!"

叔叔带着警察局长和两名警察过来的时候,我和老爸正待在我家后院。他们停在大门口。老爸骑上白马,出去会见他们。

"瑟吉欧,你到底想干吗?"老爸问。

"我要那匹马。"他看着局长和他的手下说道,"我现在就要那匹马。"

"要是你不想因为偷马坐牢,最好赶快把马交还给他。"局长说。

"刑期有多久?"老爸问。

"十年又十天。"局长说。

"很久啊。"老爸说,"那十天又是为了什么罪名?"

"你去坐牢之后就会明白。"他说。

"可以带着白马去坐牢吗?"老爸问。

"当然不行。"局长说,"但你可以带你儿子进去。他爬了这么多椰子树,想必累了,需要休息一下。"

老爸陷入深思。他跳下马,把白马交给叔叔。叔叔将白马转交给局长。局长给了我叔叔一些钱,催促他快去斗鸡场。老爸被他们气翻了。

"你要带走天国白驹吗?"我问。

"我刚把它买下来了,小子。"局长说,斜眼瞧了老爸一眼。

"我可以把马骑到公所吗?"我问。

"没问题,小子,"他说,"但到时候你得自己走路回来。"

我跳上白马,向身旁男人们打了讯号。就在我们朝着大路奔驰离去时,我听见老爸在后面叫喊着:"我的亲生骨肉竟然在背后捅我一刀……"

菲律宾关键词
#5 椰子

在菲律宾四大经济作物当中,椰子的产量最为惊人,每年超过百万吨的出口量居世界第一,甚至让菲律宾享有"椰子之国"的美誉。

在菲律宾,放眼望去随处可见散发着热带气息的椰子树,国内更有三分之一的人口依赖椰子维生。被称为"生命之树"的椰子树,营养与利用价值极高,不仅能维持身体生命机能,也能修复伤口。椰子在日常生活中运用极广,椰汁清凉鲜甜,是消暑佳品,椰油可用于料理和按摩,椰奶则是牛奶的最佳替代品,可入菜,可制作甜点,也可加入饮品中。

第十四章

老爸之歌

我十二岁生日那天,老爸从加州的波隆哥哥那儿收到一把小提琴。他付给我堂哥诺诺一只母鸡、两打鸡蛋,要堂哥教他演奏。当时我在镇上的洗衣店里工作,很少看到他们的练习情况。他们成天坐在后院(原本让牛拖着走的)木橇上拨琴弦,有时也用到琴弓。入夜后他们便各自离去,早上又在相同地点集合。经过一个礼拜,他们每日练习处竟然凹陷下去,因为他们演奏小提琴的时候,老爱乱踢地上的尘土。

这阵子,遭逢蒂亚·多拉的老公死于中风。悲剧发生那晚,他正带着渔网前往某人的池塘。我们发现他过世已是清晨。他全身僵硬,一部分身体被鱼啃得七零八落。有些人下水捕鱼,想着到市场卖点钱。我们把卖鱼所得交给蒂亚·多拉,让她用来支付葬礼费用。她整整哀悼了三个礼拜,只有听到小提琴乐音时,才感觉好一点。后来,她总算折起丧服,收进盒子里。她成天坐在窗边,看着我堂哥诺诺教导老爸演奏小提琴。

老爸只学会一支曲子,因为堂哥拒绝教他其他曲目。他突然消失,很长一段时间没出现。

每当我疲惫地下班回家,老爸就会为我演奏。他伫立在月光下,一次又一次地演奏这支曲子。同时,我也看见蒂亚·多拉落在窗上的剪影。

"这是什么歌,老爸?"我问。

"这首歌叫'活着'。"他说,"你喜欢吗?"

"我很喜欢。"我说,"不知道是谁写的。"

"你堂哥没跟我说。"老爸说,"儿子,我再演奏一次,好不好?"

"好啊。"我说。

这是一支哀伤的曲子,却又如此美好。在消逝时光的哀思之外,带来未来将至的承诺。隐喻了年轻、衰老,更象征着爱将以崭新的名字出现。老爸演奏完毕,坐到我身旁。

"我从身体里感受到这首歌。"我说。

"你不是唯一有这种感觉的人,"老爸说,"有人和你一样。"

"谁?"我问道,同时望向大门。

"在这边等着,孩子。"老爸说。

他跳过蒂亚·多拉的篱笆,站在她的窗户下方,朝她微笑。蒂亚·多拉打开门让他进去。我看着窗边的灯火燃烧着，希望老爸来得及在天亮前回来。老妈就要到家了。她和我两个姐姐已经在乡下的村里待了三个月。我知道天一亮她就会抵达。我思考着该如何提醒老爸。透过窗户我看不见他们两人的身影。屋子里静谧无声。

然后蒂亚·多拉笑起来，满屋子跑。她像个小女孩似的呼唤老爸的名字。老爸也跟着笑，但他的笑声听起来像正噘着嘴。我知道他在打什么主意。我真想听清楚他们在说什么。我的耳朵一定是被洗衣店的强悍机器给弄坏了，他们的声音我一点也听不到。

我走过去，整个人靠上篱笆。灯亮，灯灭。蒂亚·多拉放声尖叫，像被什么给捅了。房子隐约晃起来，但我的眼睛在黑暗中实在不管用。也可能只是我的幻想。屋里恢复安静。我走回后院，在木橇上睡着。

等我醒来已是早晨。太阳高挂树梢。老妈头上顶了一大袋行李，朝我们家走来。我的姐姐们头上也都顶着重物。她们看来又累又困。

我爬过篱笆，跑进蒂亚·多拉的院子。我捡起一根长棍，往她家竹制地板的缝隙推上去。蒂亚·多拉哀号一声，翻身趴下来透过竹板缝隙窥视。

"你这个伊格洛野孩子，快走开。"她说。

"我爸呢？"我问。

"别管闲事。"她回答。

"我妈回家了。"我说，"你最好趁她发现之前，把我老爸送回家。"

蒂亚·多拉走到厨房，端回来一杯水。她把水全泼到我脸上，咯咯笑起来。我跑到院子中央，捡起石子便朝窗子丢。我好想丢死她，但她躲到了墙后。老爸依然自顾自熟睡。

老妈看到了我。她进屋把东西放到桌上，走下屋子，一起趴在篱笆上。

"你爸呢？"她问。

"他在那间房子里。"我指向蒂亚·多拉的家。

"谁跟他一起？"她问。

"蒂亚·多拉。"我回答。

"儿子，你是说那个寡妇蒂亚·多拉？"老妈问道。

"就是那女人。"我回答。

"他在人家家里干吗?"她问。

"他整晚都在那边。"我说。

老妈爬过篱笆,走到蒂亚·多拉的屋子。她挥起拳头敲打她家窗户。老爸慌慌张张带着小提琴走下屋。我们跑回自家院子,坐在木橇上。

"儿子啊,再也没有比两个女人打架还要荒唐的事了。"老爸说。

"她们打起架来就像山猫一样。"我说。

"你是说那只是猫打架?"老爸说,"等着看她们互扯头发。你会看到永生难忘的画面,直到婚后都忘不了。说到这个,你有打算了吗?"

"我还是再等个一年好了。"我说。

蒂亚·多拉再次哀号。老妈两手紧揪住她的头发。她们两个人互相拉扯头发。老妈的头发比较茂密,也比较强韧。因为长期日晒,她的头皮也硬得多。蒂亚·多拉成天待在家里,所以她的头皮比较柔软,也比较容易生病。

没多久,她家的墙竟然整面倾塌。她们在屋

里互相追逐的画面被看得一清二楚。她们紧抓对方头发,在地上滚来滚去。老妈踢了那寡妇几脚,蒂亚·多拉随便一滚就摔到屋外。老妈追在后头一跃,裙子在风中鼓起,像气球一样。她揪起蒂亚·多拉的头发,拖她上街,把她丢在那儿。老爸开始演奏小提琴。

老妈走回屋里煮早餐。我的两个姐姐提了陶瓮到井边打水。老爸突然中断演奏,躺回木橇。才闭眼就打起鼾。苍蝇试图飞进他的嘴里,但他总会在关键时刻闭嘴——完全出于条件反射。

洗衣店上工的时间到了。老妈走出屋子,站在木橇边。她注视老爸好长时间,好像正在思考自己是不是犯下毕生最大的错误。她抬起木橇一角,老爸跟着摔落地面。老妈重重甩了他几巴掌,还朝着他的眼睛吐口水。

"赛弥恩,你在那屋子里干了什么好事?"她问。

"我教那个寡妇一些歌。"他说。

"什么歌?"她问。

"要我示范吗?"老爸说。

"算了。"老妈说,"你有必要在乌漆抹黑的时候偷偷教吗?"

"谁告诉你这种谣言的?"老爸说。

"你的亲生儿子。"她说。

"呃,这样演奏是有点太黑了。"老爸说,"但厉害的小提琴家受到启发时,总爱在黑暗里演奏啊。我昨晚就受到了启发。"

老妈再赏了他几个巴掌。老爸抓起小提琴拔腿就跑。他沿小路奔逃,不忘大喊我的名字,要我一起跑路。但老妈叫我进屋吃早餐。

第十五章
马努尔叔叔返乡记

老妈一大早就叫醒我和伯尔多,要我们到制糖坊去,说只要我们两兄弟能帮制糖坊主人做事,整个夏天全家就不愁没糖吃。我们拿来铁丝,将空罐绑在长竿上,一人扛起一端,啃着芒果上路。

结果制糖坊主人根本不缺人,他那儿已经有整整十七个童工助手。我们站着看滚轴吞进甘蔗,从另一头排出蔗渣。我们跪在一边的小沟旁,看甘蔗汁潺潺流进锅炉上的大缸。香甜的甘蔗气味四溢,弥漫围绕制糖坊而生的树林。

我们将椰子壳丢进糖水沟,舀出一些甘蔗汁喝完,就扛起空空如也的罐子准备回家。伯尔多跟在我后头,像打鼓似的用手指敲打空罐。就在我们抵达那一条穿越市中心的大马路时,有个男人从牛车上跳下来,朝我们挥手。

"那老头在叫我们。"我说。

伯尔多赶着要上市场,每个礼拜六这时候市场都有牌局,他放下竿子往市场去。

男人朝着我走来,用手臂围起我肩膀,乞讨似的。

"你认得我吗，孩子？"他问。

"我不认识你。"我说，"你是乞丐吗？"

"我是你的马努尔叔叔啊！"他说，"你总该听说过我吧？"

"我是有个马努尔叔叔，没错。不过他在监狱住了一辈子，是个惯犯。"

"孩子，你从哪里听来这么恐怖的故事？"

"镇上每个人都这么说啊。"我说，"你杀了人吗？"

"呃，孩子……"他说，"人生很可笑。但我不会骗你。我绝对不会欺骗我大哥的儿子。我被关过，那没什么。对，我蹲过很多监狱。别把我想得那么坏，孩子。我们山巴阳一族是最棒的。"他突然沉默，看了看四周，仿佛正凝视远方的海洋，脸上浮现淡淡哀愁，"牢牢记住，孩子。我们是山巴阳家族在这世界上仅剩的后代了。我们种椰子和香蕉，我们种花生和烟草。没错，我们家族偶尔也会有孩子误入歧途。但我们是很棒的家族，孩子。现在带我去见你爸爸，好吗？"

"他在村子那边，"我说，"他正在种花生。"

"那带我去找你妈吧。"他说。

我往后退,拖起空罐子,猛地转身往家的方向跑。罐子在石子路上发出巨大声响,吵得邻居们纷纷打开窗户探望。叔叔追在我后头跑。他的两只光脚丫像修剪过的鸽子翅膀,啪啪啪啪在路上拍打。我跳过大门,跌进院子里。空罐子盖到我头上,我的头在空罐子里挤得好紧。

叔叔跨进大门,帮我从罐子里拔出头来。

"你受伤了吗,孩子?"他问。

我什么都没说,因为我怕被老妈听见。我迅速抬头瞧了瞧窗户,再看看叔叔。我爬梯进屋。叔叔慢慢跟着,接近门槛时他摘下帽子。老妈从厨房里走出来,停在门边。

"马努尔,是你吗?"她问。

"对,玛塔。"他说。

"你来我家干吗?"老妈问。

"我刚好路过你们这儿,就想何不过来打声招呼,向哥哥和美丽的嫂嫂致意呢,所以我人就来啦,玛塔!要是我没在路上看见你那两个儿子,我也来不了。"他盯着我看,神情和极欲寻求肯定、合作时的老爸一模一样,"就是这样,没错吧,孩子?"

"我不想要我老公那边的懒惰亲戚找上门,一个都别想,"她说,"更别说你这种把监狱当作厨房进进出出的罪犯。在我们这个家里,一个山巴阳疯子就够了,这地方已经客满了。"

"玛塔,你不用担心,"他说,"我睡房子下面就好。我经常睡在别人房子下面。"

"粮仓不是更好?"我说。

他面带同意地看着我。老妈的脸色蓦然和善温柔起来。她走进厨房,盛来一盘咸鱼饭,把饭端给叔叔,在一旁看着他吃饭。他站在门槛边,一手抓饭,一手端盘。捏得紧紧的饭丸子像石头,咕噜咕噜滚进他的喉咙。老妈朝我点头,示意我跟进厨房。她往我手里塞了两颗鸡蛋。

"拿去给他吃吧。"她说。

我走到门边,把一颗鸡蛋递给叔叔。他拿起蛋,随手往门边一敲,摸摸我的头,心满意足地笑了。

"孩子,要记得我对你说过的事情。"他说。

"我知道。"说完,我赶紧下楼梯,爬到院子里的芒果树上。我藏在巨大的枝干后头，拿蛋往树面敲。蛋壳被我丢在屋顶。爬下来后，马努尔叔叔正准备去粮仓。

"等太阳下山再叫我起床，孩子。"他说。

"叔叔，你要出门吗？"我问。

"是的，侄子，"他说，"所以出发前得先眯一下。"

"我也需要休息一下。"我说。

我们一起走进粮仓。叔叔打开他那包行李，抽出一个大麻布袋，铺在干蚁穴旁边。我们就这样并肩躺下，脚趾头夹起地上的小石子玩，又把小石子丢进地板的裂缝里。叔叔安静下来，我听见他开始打呼噜。

一只脏猪从矮树丛间钻出来，想用猪嘴把叔叔顶到一边去。我拿起一大块干土，朝它眼睛中间一扔，它发出尖锐叫声，一溜烟逃掉。邻居的狗朝我们走来，躺进我们之间，试着用嘴巴去咬叔叔嘴边盘旋的苍蝇。

我在太阳下山前醒来，拿了一根羽毛搔叔叔脚板。他呻吟几声,在地上翻来滚去。小狗舔着他的脸,马努尔叔叔忽然惊醒,睁开双眼。

"孩子,这是谁家的狗?"他问。

"我们邻居家的。"我说。

叔叔走到小狗身边,跪下来观察。他又站起身,拍拍膝盖。

"是只母狗。"他说。

我们往外走,小狗跟着。走过大门时,叔叔抬高头,但老妈不在窗边。一大队伊格洛族人正朝我们家走来,大约有两百人吧。每个人都背着沉重行李,他们头上绕着皮绳固定这些行李。这是他们背负重物的方式。

附近的小狗全冲了出来,朝着他们猛吠,一路跟在他们后头来到我们家外围。他们停在我家大门前。伊格洛族的发言人走近叔叔。

"Hola(你好)!"他说。

"Hola!"马努尔叔叔说,斜眼朝我示意。

"请问赛弥恩 Bag-eng 在吗?"发言人问。

我叔叔用眼神向我求助。我无言回望,但我知道这些伊格洛人想干吗。他们要找正在村里种花生的老爸。我叔叔忽然记起老爸曾在山里住过一阵子。

"他明天会回镇上。"他说。

"我们是从山上来的。"发言人说,"Bag-eng说过,我们可以借住他家几天。我们来这边做点生意。"

"欢迎,欢迎。"马努尔叔叔说。

伊格洛族人一一走进后院,将行李卸下。邻居们纷纷走出家门,靠上篱笆往我家里探。他们这辈子第一次看见这么多活生生的伊格洛人。小狗们兴奋吠叫,在篱笆两边来回乱窜。

伊格洛的女人们随意搭起几个炉灶烹煮晚餐。她们将红辣椒切片,混进肉丝和蔬菜里。她们再切了更多红辣椒,用盐巴腌起来。食物被放到大香蕉叶上,他们蹲坐地上,用手抓饭吃。

叔叔穿梭在伊格洛人之间,检视他们带来的东西。他走回我身边,用手肘轻推我的胸口。发言人朝着叔叔走来。

"我们下山来到平地,是想交换一些产品。"他说,"我们有纯蜜、山里的药草、姜、鹿肉,还有地瓜。"

"什么药草?"叔叔似乎联想到什么东西,便开口问道。

"专治疮疹和其他皮肤病的药草。"发言人说。

叔叔掩不住失望。"那你想换什么回去?"他问。

"盐巴跟狗。"他说,"狗在山里很重要。如果是只又棒又胖的狗儿,我们愿意用金子跟你换。"

"真的假的?"马努尔叔叔问,"你在吹牛吧?"

"金子在此。"他说完,拿出了三块金条对我们展示。

叔叔的眼睛睁得像番石榴一样大,只差没掉出来。他紧紧抓住我的手,往庭院四处看。他要我陪他进粮仓。我们在院子里来回好几次,终于看到那只母狗,它正在和伊格洛男孩玩耍。叔叔摘下一片棕榈嫩叶,绑在母狗脖子上。

"侄子,我们带这只母狗去透透气。"他说。

"好,叔叔。"我说。

我们沿路走到镇中心,在公所前稍事停留。其他狗儿纷纷从各自的狗窝里跑出来,一路跟着我们的狗走来我家。叔叔推开大门，走向那位从山上来的发言人，起了点争论。

发言人指挥族人把这些狗全抓起来。

"我可以用四袋农产品跟你交换这些狗，"他对叔叔说，"要是你没时间上市场转售，也可以把这些产品直接卖给那些正在篱笆外看热闹的女人。"

"你不是应该要给我金子吗？"叔叔抗议。

"好的胖狗才能换金子。"他说。

"这些狗难道没有一条够胖吗？"马努尔叔叔问道。

"可能有两三条吧，"他说，"不过这些全是贫民窟来的狗。给我们几条干干净净的，你就会得到金子。"

"好。"叔叔说完，对我点头示意。

我带着母狗跟上他。我们走进住宅区，法官的贵宾狗和学校管理人的红色大丹狗也加入这些狗的行列，一起跟在母狗后面游行。它们一路跟着我们回家。

发言人拿了像是黄金的东西塞进我叔叔手里。伊格洛族人把所有的狗绑在一块儿，用灰烬和石头熄灭营火。

老妈从市场卖完咸鱼回家。

"马努尔,那些野人是谁?"她问。

"他们不是野人,玛塔,"他说,"他们来探望 Bag-eng。"

"Bag-eng?谁?"她质问。

"就是你那个帮我带来好运的老公啊。"他说。

老妈双手握拳,朝着院子里跑去,推开所有挡在她面前的伊格洛人。

"给我滚!"她大喊。

"他们本来就准备要走了,玛塔,"马努尔叔叔说,"他们已经在平地得到想要的东西。"

老妈走进屋里。我从窗户看到她正在煮晚餐。伊格洛人带着狗离开之后,马努尔叔叔开始数钱。他把金块藏进帽子里,塞给我二十分钱。

"我要走了,侄子,"他说,"别忘了我说的,我们山巴阳一族是最棒的。家族里偶尔会有一个人误入歧途,不过这也没什么。"他停下脚步,朝大门望。外头有好几个拿着火把的男人,正往我家过来。我可以辨认出几张脸孔,包括镇长和警察局长。

"这里还有二十分钱,"叔叔说,"别忘了我怎么跟你说的,孩子。"他一溜烟跨出后头的篱笆,穿过椰子树丛消失不见。

我走近大门,老妈正在和那些男人说话。

"你叔叔呢?"她问。

"走了,"我说,"他跟着那群伊格洛人走了。"

"伊格洛人!"镇长大喊,"那惯犯把我们的宝贝卖给吃狗肉的深山食人族?"

"他是把你们的狗卖给伊格洛人了,没错。"我说,"不过我不知道你是什么意思,他们在这里没有杀狗啊。"

"你知道他卖掉了我们的狗,对吧?"警察局长问。

"对,他是卖了几只上好的胖狗,"我说,"他用这些狗换到一些黄金。"

"你就是跟他一起带着母狗四处闲晃的小鬼?"他问。

"是的,长官。"我说,"但他只是要我跟在他和狗的后面。我不知道他想偷你们的狗。"

"孩子,他往哪个方向去了?"镇长问。

"他往那边去了,先生。"我说完,随手指了错误方向。我记得叔叔告诉我的话。

"我们会抓到那个惯犯,"警察局长说,"这次他别想跑!"

他们高举火把跑开,但我知道他们根本不可能捉到叔叔。老妈重重打了我一巴掌。"你干吗骗他们?"她问。

"我们山巴阳一族是最棒的啊。"我回答。

菲律宾关键词
#6 伊格洛族

居住在菲律宾吕宋岛北部山区的伊格洛族,是菲律宾的少数民族,主要以农业为生,由于长期居住在山区,多半依山开垦梯田。他们原本有猎头习俗,直到一九七二年才在菲律宾政府高压手段制止下,停止这项活动。

相较于菲律宾的其他民族,伊格洛族西化的程度甚低,保存了大部分的传统文化。他们高度重视自然,相信神灵居住在山中。每当有人死去,他们便会将死者放入棺材后悬挂在崖边,他们相信,唯有如此才能完整保存死者的遗体,使亡者精神不死。

第十六章
老爸的爱情灵药

老爸是第一个发现那辆汽车——正朝我家驶来——的人。当时，他准备骑着水牛跨出大门，车子一来，他赶紧拉住水牛，不料整个人却被甩到地面。水牛向后退到门外，挡在大路中央不肯离开。

汽车朝水牛驶来，最后停在大门边。司机鸣了几声喇叭，但水牛分毫不退，懒散地转头看了汽车几眼，然后甩甩大耳朵。司机气炸了，他打开车门，拿着一根皮鞭走下车，恶狠狠抽了我家水牛几鞭。这头动物压根儿没料到会遭受这种对待——我们乡下人可不会虐待动物。这司机是个都市人，行为举止带着大都会的野蛮霸气。他是第一个开车进我们村子的人。

水牛愤怒低头，两只角蠢蠢欲动，后脚一踢便朝男人冲过去。老爸跳出大门，一把抓住那头动物的脖子，手指紧紧扣住它的口鼻，以免它攻击对方。他向男人示意，要他快点离开。他轻抚水牛的头，温柔地将它推到路边。司机发动汽车，从水牛旁边驶过。他在几公尺外停下，一个年轻女孩走出来。邻居们全跑出家门看汽车。

"那个强壮的男人是谁?"女生问。

"那个壮汉是我老爸。"我回答。

"孩子,那大力士是你爸?"她问。

"是的,女士。"说完,我往后退了一步。

"别害怕,"她说,"也不要叫我女士。人家只是个从都市来的女生而已。看一下这张照片?"说完,她便试着蹲下来好让我看见那张照片。一开始她打算更靠近一些,不料裙子却意外走光。四周的女人纷纷倒抽一口气,男人们互相推挤,她匆忙跪下。她的裙子回到合乎礼仪的高度。"你认识照片上这个帅哥吗?"她指着照片上的人问我。

那是我的堂哥帕布洛,瑟吉欧叔叔的儿子。他也是那个在美国待过好一阵子的波顿堂哥的幺弟。夹在他们中间的兄弟则是诺诺——他和我两个人经常会到村子里参加婚宴或其他聚会,出现在那些场合的女生满身都是泥巴跟番石榴的气味,而且害羞得要命。

我指出距离我家两三栋房子远的瑟吉欧叔叔家。

"那是他爸爸住的地方。"我说。

她站起身，揉揉膝盖，然后往那房子望。她轻抚我的头，甜甜笑着。这是我生来第一次看见女孩子的这种笑容。我们村里的女生都要等到快死掉了才有可能会笑。

"我希望你是帕布洛的亲戚，"她说，一边捏着我的脸颊，"我喜欢你的样子，也喜欢你的个性。"

老爸站在汽车旁边。一听见那女孩说的话，他立刻回过身来。

"我是帕布洛的伯伯。"他说。

"噢，真的吗？"她说。

"我侄子都叫我赛弥恩伯伯。"他说。

"你们山巴阳家的男人都好可爱。"她说，"真希望女人也一样讨喜。"她捏了捏老爸的脸颊，又走回车边。

老爸一个箭步过来，帮忙打开车门。他将爬到车顶的小鬼一个个揪下来，还把坐在汽车脚踏板上的男男女女拉开。女孩朝我们挥手，隔空送来一个飞吻。汽车启动后继续向前开，最后驶进瑟吉欧叔叔家的大门。

我们全都忘了水牛。它自个儿回到了粮仓。老爸跳进大门,要我跟上。他在水牛口鼻上套了绳索,先让我上去,然后他也跳上牛背,坐在我后面。他一踢,水牛便踏出门沿大路走去。

我们准时抵达公所。公务员们正准备把铅笔放回抽屉。老爸和我急忙跑到处理电报的窗口。他用伊洛卡诺语说了一段要传给尼卡西欧哥哥的讯息——他人正在城里念书,老爸对他很有信心。他要老哥立刻返家。

"你要他回来干吗,老爸?"我问。

"你等着看。"他回答。

"是因为那个女生吗?"我问。

"你还不懂这世界运转的奥秘。"他说。

"他可能没办法立刻回来。"我说。

"为什么没办法?"他说,"谁说没办法?读书比结婚重要吗?"

"他想要结婚吗?"我问。

"我想要他结婚。"老爸说,"你看看我。我不识字,连名字也不会写。我还不是娶了一个勤奋的女人当老婆？我还不是帮我儿子、女儿挑了最适合的老妈？女人的价值不是读过多少书，而是生了多少孩子。你懂吗，儿子？"他盯着我的双眼，双手重重按住我的肩膀。"你懂吗，孩子？"他再问了一次。

"是，父亲，"我说，"我懂了。"

"对，这种回答才像话。"他说，"你一定要趁早学会这个世界的道理。不用多久，你就会有你自己的儿子跟女儿。你难道不想跟我一样，有五个儿子、两个女儿吗？"

"这得看我老婆啊。"我回答，"要是她没办法生孩子呢？"

"干吗要娶那种女人？"他说。

"这种事情我哪会知道？"我说。

"哪有女人不爱生小孩的？"他说，"我懒得跟你吵。"

此话一出，我也无话可说。我们骑回家，把水牛牵进粮仓。老爸在后院走来晃去挖草根和小虫。他又爬上芒果树，摘下一只乌鸦巢。他将这些东西放进椰子壳里一起烧，把灰烬用小瓶子收起来。他找到某个礼拜五做好的椰子油,也倒了一些进去。他把小瓶子收进口袋,满怀希望走到瑟吉欧叔叔他家去。

隔天,尼卡西欧回来了。他随身带回来好多书。他把书全摊在桌上,抽出一本便开始读。老爸紧盯着他,在屋里走来走去。

"你想说什么吗,老爸?"老哥问。

"你太认真了。"老爸说,"为什么你不去瑟吉欧叔叔家陪他聊聊天?他的椰子树下挂了一张很棒的吊床!"

"我马上就去。"尼卡西欧说。

老爸目送他走上小路。我坐在火炉旁,假装入睡。老爸做贼心虚地瞧了我几眼。他走向饭桶,从里面捞出那个装满虫子和乌鸦巢灰烬的瓶子。他把瓶子放进口袋,走出门去。

我两腿一蹬,跟在他后头来到瑟吉欧叔叔家。他在院子里停下,抬头观察。我听见那个女孩的笑声。我的哥哥虽然嗓音低沉,但我也听见了他的声音。瑟吉欧叔叔则是大吼大笑,踢着他家墙壁。老爸把手伸进口袋,用手指确认小瓶子,然

第十六章 老爸的爱情灵药

后走进屋子。

我跟了上去。他走进客厅。城里来的女孩跳下椅子,上前抱住他。

"真开心你来了,赛弥恩伯伯,"她说,"我们正聊到你呢。"

"快坐,老哥。"瑟吉欧叔叔说。

我哥哥递给老爸一把椅子。映高阿姨送上一根自制雪茄。

"今天可是大日子呢。"她说。

老爸看着老哥,忍不住皱眉。他迅速看了女孩一眼,嘴角扬起一抹诡异的微笑。诺诺堂哥端了一瓶红酒走进客厅。他为大家倒酒,他的爸爸则帮忙传递酒杯。看来真的是他家的大日子。

时间接近午夜,老爸因为酒精作祟开始人来疯。他在客厅中央跳起舞,拿起每个人的酒杯都喝上一口。我看见他偷偷把口袋瓶里的灰烬倒进女孩的酒杯。他根本没醉,全是演出来的。他把我哥哥推到女孩身边,向他眨眼暗示。然后坐到一旁,紧盯女孩喝酒。

诺诺拿着小提琴进门,开始演奏。女孩起身,拉了我哥哥跳舞。老爸脸上浮现幸福光彩。他的手紧紧握住口袋里的小瓶子，平躺于地，一个翻身，肚子朝下，就这样睡着了。

我是第一个发现不对劲的人。女孩开始喘不过气。她停止跳舞，跑进厨房吐了一地。映高阿姨和诺诺搀扶她回客厅。她脸色发白，浑身虚弱。我老哥和她用英文交谈。

"怎么了？"瑟吉欧叔叔问。

"我可能是喝多了。"她说，"胃好痛。我的头好昏。我一定吃了什么不干净的东西。"

"食物都没问题啊。"映高阿姨说，"你也没喝多少酒。"

女孩倒卧在地，双手按住自己的肚子。她倒抽一口气，接着不断喘息，无助地望着我们。瑟吉欧叔叔把她扛进小房间，将她安置到床上。我们站在她身旁照护，拨开她遮住脸蛋的头发。老爸醒来后也走进小房间，双眼通红。

"发生什么事了？"他问。

没有人搭理他。女孩的脸庞渐渐恢复血色，呼吸也顺畅了一些。她终于沉沉睡去。我们看见她的胸部在毯子里头上下起伏。天色转亮之时，她才睁开双眼，第一眼便看见我。

"过来这边。"她说。

尼卡西欧点点头。老爸把我推到她身旁。

"你叫什么名字？"她问。

我回答。

"你好可爱。"她说。

映高阿姨哭了出来。瑟吉欧叔叔走回客厅。

"我睡着的时候发生了什么事？"老爸问。

"她昨晚差点死掉。"老哥轻声回答，"她吃到一些糟糕的东西。我仔细研究过她留在厨房地板上的呕吐物，才发现她吃到有毒的灰。真要命。"

老爸大吃一惊，吓得浑身颤抖。

"她没事了。"老哥说，"幸好帕布洛今天也会赶回来。"

"他认识她吗？"老爸问。

"他们是夫妻啊。"尼卡西欧说，"他们六个礼拜前在城里结婚了。老爸，你不知道吗？"

老爸张着嘴想说什么，但老哥把他推出小房

间。他拉起我的手,一起离开叔叔家。等我们走到街上,老爸从口袋里掏出小瓶子,扔进邻居的香蕉树丛里。

后来,他再也不用草根和树叶烧虫子和乌鸦巢了。

第十七章

老爸的荣耀

瑟吉欧叔叔是个职业赌徒,他不仅住着一间屋顶盖满锡片的大房子,还拥有两百公顷的烟草田。他这辈子很少劳动,只有以前还和兄弟住在一块儿的时候才会动手工作。十七岁那年,他娶了别村的女孩,就此离开村子,搬到镇上。当时他手头只有两比索,结婚当晚,他拿这点小钱设了场赌局。十年后,他成为我们这区最富有的人,他手上戴的那些大石头,也引来诸多钦羡目光。

老爸始终摸不透我叔叔究竟是怎么累积财富的。老爸十二岁就独立赚钱,过了五十年,他所拥有的却和刚起步那时差不了多少。事实上,他还是靠卖掉从爷爷那里继承的一小块土地,这四十年来我们家才有了安定生活的基础。我的哥哥们都在遥远的城市求学,这可是当初我父母无缘领受的教育。

夏末的某个礼拜天下午,老爸和我带着一只白羽毛公鸡到镇里去。我们叫它卡纳威。那一年,老爸把我们家的房子送给波顿堂哥和他的美国太太。波顿是瑟吉欧叔叔三名儿子中的一个,他娶了个墨西哥人回菲律宾。她深深吸引老爸,让他想起十四岁时在马尼拉遇见的那个美国女子。他当时住在滨水区，等待开往中国的船班。

抵达镇上的家，老爸和我走进空粮仓，把卡纳威绑在粮仓里，关上门。如此一来，老妈和姐姐们就不会看到它。播种季节刚过，是老爸留在镇上的绝佳理由。老妈不反对我们老窝在家里，但是她完全搞不懂我们留在镇上想做什么。

每天早上，老爸会抢在老妈起床之前，跑到我床边。我会偷偷摸摸地从床垫上爬起来，跑进粮仓。老爸在口袋里面塞满玉米，我负责拿杯子装水。有时候老爸会切下一大片老妈买回来的肉，而我会在杯子里装红酒或威士忌。老妈一旦追问起那块肉，老爸就躺在地上假装熟睡。她始终猜不到一整条玉米或猪肝凭空消失的原因。

公鸡越长越壮，双腿更趋有力。我们喂它喝新鲜血液那次，它竟然开始挑衅我。之前我常常挑衅它，这是很好的训练方式。但在我们第一次想到喂它喝点鲜血时，它以那带着残酷力道的双脚一蹬，直接朝着我飞扑过来。它脚后跟的尖刺像刀子般划过我的手臂。我吓坏了，因为它差点扑到我的脸上，可老爸说这是胜利的征兆。

我们把卡纳威绑好,就去找瑟吉欧叔叔。他不知道我们正准备挑战他的塔力杀焰——我们这省的冠军斗鸡。这只大名鼎鼎的红色公鸡造就了他的财富,我们全省没有一个赌徒敢再下挑战书。塔力杀焰正处在斗鸡生涯的高峰,不过老爸觉得他已经找到能够夺走它王冠的公鸡了。我对老爸的说法深信不疑,直到我亲眼见到塔力杀焰在院子里面疾走的模样,我的梦想瞬间破灭。它十足王者风范,在我叔叔院子里昂首阔步。

叔叔用口水按摩斗鸡的时候,老爸和我靠在篱笆上观察。他把斗鸡放到地上,绕着柱子追逐它,倏忽又停下来转过身去,这时,斗鸡会反过来绕着柱子追他。过一会儿,他用双手抱起斗鸡,朝大门来回折返跑。他折返跑了好几回后,用一只手将斗鸡抛向半空。只见它张开翅膀流畅地滑翔至地面,接着威严地走回叔叔怀抱。他像是对待孩子般,轻抚、逗弄这只斗鸡。

"赛弥恩,它可是我的宝。"他说。

"有人出五比索你也不卖?"老爸问。

"五百比索都不卖,如果你是这个意思的话。"

"我连五比索都懒得出。"老爸说。

"你在开玩笑吧,老哥?"叔叔问。他紧抱斗鸡,整张脸扭曲起来,像毫无防备地被人捅了一刀。

"要是我找到挑战者,你敢接受挑战吗?"老爸问。

"我赌一赔五,如果你是指这个。"他说。

"我接受。"老爸说。

"你还有水牛吗?"叔叔问。

"我还有个儿子,"老爸说,"他价值十头水牛,可以整个人拿去。"

叔叔退后一步,仔细打量我。"他瘦得皮包骨,"他说,"价值不到五头牛。"

"他值七头牛。"老爸说。

叔叔再退了一步,伸手把我全身仔细检查了一遍。他还指使塔力杀焰啄我。等血液从我的手臂汩汩流出,他就再命令它啄我的双腿。他又往后退,持续打量我。他满眼怀疑地盯着我,沾了我手臂上的血,悲伤地摇摇头。

"我要他干吗？"他问。

"他可以在斗鸡场里维持秩序。"老爸说。

"他声音那么小，听起来软趴趴的。"他说。

"这样啊……"老爸说，"那他可以负责收赌金。他很会算术。"

"你对数字很拿手吗，侄子？"他问。

"是的，叔叔。"

"你会说高明的谎话吗？"

"会，叔叔，"我说，"我挺会说谎的。"

"好吧，赛弥恩——"叔叔说，"我想我家房子应该值七头水牛。"

"我比较想要一块地，"老爸说，"不过没关系了，反正我也需要一间房子。"

"愿赌服输。"叔叔说。

"愿赌服输。"老爸说。

挑战的事在全村传得沸沸扬扬，不久，连镇上也全知道了。职业斗鸡客跑到我家来，要老爸为他们展示斗鸡。原本他们都兴致高昂地想支持卡纳威，不过没多久便打消念头。老爸根本不让他们看斗鸡,后来他们也就懒得来了。他们说他是傻瓜,竟然笨到挑战一只名声响亮的斗鸡。逼近比赛日那阵子,镇上传言要是老爸的斗鸡真的够厉害,叔叔愿意以一赔十来押赌注。

比赛定在礼拜天,不过当天却下起倾盆大雨,只好延到下个礼拜天举行,老爸可高兴了,这样一来,他又争取到更多时间强化卡纳威的战斗力。比赛当天,我们一大清早就醒过来,把我们家的斗鸡带到河边。河水冰凉,老爸说这对斗鸡的肌肉有益。我们把它的头压进水底,让它在缓慢的水流里逆行游泳。

等到太阳爬上山坡,我们出发前往镇中心的斗鸡场,那地方坐落于女修道院的后头。教堂因比赛关闭,一切相关服务顺延到下个礼拜天。斗鸡场人山人海。瑟吉欧叔叔向来晚起,此时他却早已在场中等着我们。他的好朋友和其他职业赌徒们团团围着他。

他们涌到我们面前。老爸将斗鸡交给我,交代我藏到卖花生的小屋后面。我一把抱住卡纳威,赶在任何一名职业赌徒发现我之前,离开现场。我蹲在椰子树下，等待老爸的讯号。我把卡纳威压在胸前，感受它逐渐加快的心跳。斗鸡明白它们何时要战斗，何时会死亡。

我不清楚自己在小木屋后躲了多久。等到老爸一声讯号，我便使劲跑向斗鸡场入口。我将斗鸡交给老爸，一起走上舞台。坐在看台上的民众全都站起来盯着我们猛瞧，议论纷纷。裁判们站在老爸的两侧，准备检查我们家的斗鸡。

叔叔走到舞台中央。他作势想碰碰我们家的斗鸡，老爸立刻带鸡转身避开。组头们在舞台四周接受民众的赌注。看台上的观众把钱包进手帕往下扔。裁判们调整系在斗鸡脚上尖刺的角度。叔叔再度走向舞台中央，从裁判手中接过塔力杀焰。老爸也带走卡纳威，然后伫立于舞台中心。他们彼此面对面，各自的斗鸡也打量着对方。一阵寂静，在场众人仿佛都感受到即将袭来的生死之争。然后，刺耳的铃声响起。

叔叔将右掌心拱成杯状，罩在塔力杀焰头上，老爸让我们家斗鸡残暴地猛啄对方的脖子。之后，老爸也将掌心罩在我们家斗鸡头上，让塔力杀焰啄它的脖子。这是斗鸡开始的仪式。紧接着,双方退后,直到铃声再度响起。他们放下斗鸡,沉默面对彼此。铃声再次响起,揭开战斗的序幕。

叔叔和老爸回到各自的角落。裁判们在斗鸡旁一边跳跃,一边查看。它们缓慢逼近对方,观察对方的一举一动。塔力杀焰一跃而起,又猛然打住——它不确定该先出哪一只脚。它们跟着对方绕圈,突然间,往对方猛冲而去。四周鼓噪声如雷响亮,几乎穿过墙壁直达小镇边界,才逐渐减弱消失。我们的斗鸡被攻到舞台墙角,但塔力杀焰的右翅已被划出一道斜口,它拍动翅膀,羽毛掉落地面。

它们在舞台中央踏着舞步。塔力杀焰再次跃起,脚后跟的锐利尖刺粗野刺穿空气而来。我们家的鸡在千钧一发之际及时蹲下,不仔细看,还以为它的身体已遭刺穿,钉在了地上。塔力杀焰在一尺远处落地,我们家的斗鸡立刻转身追击,连续两次朝对方杀去。四周群众的呼声震天,此时此刻唯一的真实,仿佛只有终将降临、无法避免的死亡体验。突然,呐喊声先是悬于半空,而后如水坝溃堤时涌入群山的紊乱浪堆坠落地面,声音戛然而止,死寂后化为一阵耳语。

卡纳威，也就是我们的斗鸡，弄断了自己的铁制尖刺。塔力杀焰后背着地，在地上翻滚，两只腿不忘护住自己毫无防备的颈子，全身血流不止。它站起身，膝盖弯曲，向前暴冲，朝我们家那一只失去防护器具的斗鸡全速袭来。它一次又一次地猛啄。观众们站起身，掀起一大片的黑影，他们扯着喉咙放声叫喊。裁判们赶紧上前中断比赛。叔叔抱住塔力杀焰，老爸一把抓住卡纳威的尾巴。他张开嘴巴，含住鸡头。然后，他朝着掌心吐口水，开始按摩它的双腿。

裁判把铁制尖刺绑回我家斗鸡的腿上。等两只斗鸡都准备好了，老爸便带着卡纳威走回舞台中央。再一次，叔叔、老爸面对面，两只斗鸡神经兮兮地望着彼此。此时，我发现老爸把什么东西塞进了我家斗鸡嘴里。他们把斗鸡放到地上，观众们再次起身，如此激情宛若一道蛰伏在暗处，等待挣脱束缚，展现存在的黑影。这两只昂首阔步、以爪踢斗的斗鸡，让所有旁观者愉悦不已。它们再次朝对方猛攻。观众忘情呼喊，喊声穿透整个城镇。

我们家斗鸡的颈羽被削掉，它的两条腿染满鲜血。它蹲在地上蓄势待发，扑向它的死敌。塔力杀焰再次后背着地，在地上翻滚，以有力双腿保护着自己的头。我们的公鸡一次又一次地杀过去，但攻势全数落空。塔力杀焰依旧翻滚移动，卡纳威则攻势不断。塔力杀焰不但聪明而且机警。它以背贴地，遇到危险便翻滚逃命。它滚来滚去，一次又一次地死里逃生。我们家的斗鸡，像是喝醉的码头工人赶在塔力杀焰后面穷追猛打。我这时才明白，老爸刚刚塞了什么东西进它的嘴巴：鸦片。

可怜的塔力杀焰。它已失去章法，只能狼狈地且战且逃。每过去一秒钟，鸦片的药效就越趋强烈，不用一分钟，卡纳威应该就能撂倒塔力杀焰。此时，奇迹发生了！塔力杀焰应声跃起，我们家公鸡的左翅掉落地板。卡纳威差点就要摔倒在舞台上——不只是因为身体失衡，有一大部分也是因为药效。它的视线模糊，迅速转黑。不用多久，它就要失去意识。

叫喊声明明充斥场中，这世界却像陷入寂静。我听见自己的心脏敲击着胸膛。老爸整个人靠在墙边，等待最后时刻降临。叔叔低头观看两只鸡的死斗，不愿错过它们每一个动作。两只斗鸡朝着对方狂冲而去。旁观者大声呐喊，双手向前挥舞穿刺空气。塔力杀焰想往后退，但卡纳威早已带着全身残暴的力量向前冲刺。塔力杀焰跃身而起，无奈只是及时将脖子献给我们的公鸡罢了。它的头掉在地上，滚了几圈。

卡纳威驻足等候。无头的塔力杀焰向前冲刺，跑了几步便跌倒在地。它再度站起身子，不知不觉跑到舞台中央。它站得直挺挺，以为还能再战，那君王般的威仪震慑全场。众人不再出声，那是一阵令人伤痛的寂静。不久，它向前蹒跚而行，倒在场上，就此死去。

我们家的斗鸡也跟着倒下，它的双腿仍因鸦片的强烈效果而颤抖。战斗结束，我们家的公鸡以一秒之差险胜。

菲律宾关键词
#7 斗鸡

在菲律宾，斗鸡文化比西班牙殖民历史还长，可说是一种全民运动。不仅有合法的斗鸡赛场，所有赌注都合法交易，每年还会固定举办"马尼拉国际斗鸡邀请赛"，邀请世界各地斗鸡队伍来参赛。

在高额赌金的压力下，赛场上的斗鸡可说是拿命在拼搏，它们脚上绑着尖锐的刀片，在你来我往的攻击中，稍不留神便有可能毙命，成为桌上的一道佳肴。在大型赛事中，赌金动辄数十万甚至数百万比索起跳，在至多几分钟的赛事结束后，就能立刻决定谁会成为千万富翁、谁会倾家荡产，实在是刺激极了。

第十八章
老爸的悲剧

事情发生在我们家最穷困的那几年。从邻镇蔓延过来的蝗灾，摧毁我们家的稻田。等到蝗虫飞离，我们开始种四季豆，谁知道祸不单行，这些作物又毁于一场大火。我的哥哥们受不了成天白做工，接二连三离家。老妈和姐姐们挨家挨户，询问是否有零工可做，无奈每户人家也承受着程度不同的苦难。小朋友们在街上徘徊，四处寻找金合欢树上坠下的果实。男人们趴在市场的篱笆上紧盯肉贩的一举一动，口水直流。每个人都在挨饿。

不过职业赌徒们却很有钱。他们坐在车站附近的鱼店里，拉开嗓门点餐。无所事事的游民和看热闹的人，站在一旁看他们拿银汤匙大吃米饭和炸鱼。他们从不用叉子吃饭，因为叉齿会卡在他们的牙缝间。每回拿刀子吃饭他们又会割伤嘴唇和舌头，所以他们也不向店家索取这类餐具。如果新来的服务生不懂，在餐桌上摆了刀，他们会彼此相视，偷偷摸摸地把刀收进口袋。他们用木碗盛装的水洗手，拿乔木落叶擦嘴。他们总是靠在市场的篱笆上，等待有钱人上门。

雨季逐渐逼近，饥荒谣言四起。草再不长，我们家的水牛就要瘦得不像话了。老爸的斗鸡布锐客大概是我们家里唯一健康的生物。它的父亲卡纳威三年前帮我们家赢来一间屋子，因此老爸命令我要拿质量最棒的米喂它。老爸拿走玛瑟拉姐姐——那年她得了脑膜炎——餐盘上的水煮蛋。他本来已经着手训练布锐客参加大型比赛，不过小镇的大灾难却先来一步。农民和大部分有钱人只想把钱花在食物上。他们担心受到诱惑胡乱花钱，不再前往斗鸡场；就算去，也只是站在看台上加油喝彩。他们各自垂头丧气地回家，心里还惦记着原本可以赚到的钱。

就在小镇深陷低潮时，老爸天天和他的斗鸡待在后院。他哪儿也不去，什么事也不做，只是坐着轻抚布锐客，帮它运动双腿。他将口水吐在它的颈羽上，慢慢按摩，仿佛沉入梦境般遥望远方。直到老妈带食物回家，他便转移阵地到粮仓，太阳下山才走出来。有时候他干脆和布锐客同睡粮仓，但是这只公鸡一大清早就会以嘹亮啼声吵醒他。他再轻手轻脚溜进家门，去锅里找冷饭吃。他放公鸡回栅栏后，便在长凳上睡一整天。

老妈耐心十足，不过有一天她终于受不了，把老爸给踹下长凳。尽管他整脸仆地，也只是抬头朝她看了一眼，就重返梦乡。老妈带法兰西丝卡姐姐出门，继续挨家挨户找零工，帮人捣米或从水井打水。她们的酬劳通常装进一个大篮子里，由老妈顶在头上带回来。

她们到家时，老爸还在睡。老妈让我姐姐去煮米。她从水瓶里舀出一杯冷水，朝老爸的脸泼去。他吓得跳起来，怒气腾腾地瞪视老妈。然后他走到布锐客的栅栏边，一把抱起那只鸡，爬下门廊，坐到后院的大木头上，继续轻抚斗鸡的身体。

老妈继续洗衣服，法兰西丝卡喂玛瑟拉吃下一些米饭。老爸还在照顾斗鸡，这下老妈气翻了。

"你就这么没用吗？"老妈怒吼。

"你干吗这样说？"老爸说，"我不就在想办法变钱出来吗？"

老妈捡起一块木头朝斗鸡丢去。老爸眼尖，实时发现，身子一低，以身体护住公鸡。木头击中他，在他头上开出一道口子。他起身后连忙检查布锐客是否安好，好像布锐客才是受伤的那个。他抬头，一脸可怜相地凝视老妈。

"你何不看看自己干了什么好事?"他说着,抱紧布锐客。

"我比较想扭断那只鸡的脖子。"老妈说。

"那是他的宝贝啊!"我说。

老妈恶狠狠地瞪着我。"闭嘴,伊格洛野孩子!"她说,"你越来越像你老爸那个死样子!"

她眼睛游移的方式有点滑稽。我一度以为她要哭了。她把裙子夹进腿间,继续未完的家务。我跃下梯子,走进粮仓,老爸正在处理头上的伤口。我帮他抱好斗鸡。

"好好照顾它,孩子!"老爸说。

"遵命。"我说。

"带它去河边运动双腿,然后马上回来,我们要到镇中心一趟。"

我带着斗鸡跑过街道,凡有小猪小狗挡路,我一律赏以凶狠一脚。我抱着布锐客,衣物没脱,直接跳进水里游泳。我嘴里含水,对着它的脸猛喷。接着,我再全速奔回家,扭干湿漉漉的衣服,和老爸上斗鸡场去。

今天是礼拜天，不过斗鸡场依然涌入众多无所事事的游民跟赌徒。其中不乏老师、农民，还有一个带着神秘黑斗鸡的男人。他从隔壁城镇来我们的斗鸡场，想碰碰运气。

他的名字是伯西欧。他将我们的斗鸡高举过头，闭起一只眼睛，用独眼凝视布锐客的双眼。他把它平放于地，压压它的身体，双手按在它的背上。伯西欧正在测量布锐客的力气。赌徒和闲人们在他们外头围成一圈，紧盯伯西欧灵敏的双手把玩布锐客。

与此同时，老爸也正测试着伯西欧的斗鸡，他将它朝半空一丢，看着它流畅地滑翔落地。他逗弄斗鸡，让它追着在场内跑。黑鸡攻击他的双腿，又停下来对旁观者骄傲啼叫。老爸一把抓起它，撑开它的双翅，触摸它羽翼下坚韧的皮肤。

围观群众清楚这是一场势均力敌的比赛，纷纷把手伸进口袋里抚摸硬币边缘，以惊人的机敏与准确度偷偷盘算自己还剩多少钱。只有超强功率的录音机才能录下这些灵敏手指数钱时所发出的金币碰撞声，至于数纸钞的摩挲声响，则几乎听不见。农民们悄悄退出人群，躲入椰子树后。他们打开手帕数钱，握紧纸钞，又回到群众里。他们等待双方的最后决定。

"我们下个礼拜天比赛吧？"伯西欧问。

"这对布锐客来说太仓促了。"老爸说。他的手自动伸进口袋，不过里头空空如也。他转头看着几位死党。

两个农民拉起老爸的手臂，对他说了几句悄悄话。他们将钱塞进他手中，又推他回到伯西欧身旁。他偷偷把纸钞捏成球状，试着计算正确数目——这是他众多数钱妙招之一。他随即清楚自己手里握着二十比索的纸钞。他的脸上闪过一抹希望之光。

"下礼拜天没问题。"他说。

在场所有人陷入混乱。有些人拿着钱跑到伯西欧身边，其他人则在老爸这边。他们不算赌徒，比较像是投资人。他们用金钱赞助斗鸡场里的选手。

赛局时程在稍晚定下。我们满怀希望回家。老爸将布锐客放回栅栏，要我到河对岸的那个鱼池去。我兴高采烈地奔跑，在一棵卡玛奇丽树下找到鱼池，那是个捡蜗牛的好地方。我抓了好多蜗牛、虾子，把帽子装得满满的，才开开心心地回家。

老妈正在煮好料——一走进大门闻到味道我就知道了！我跑进屋子，在地板上放下一些蜗牛。老妈站在炉边，拿着长柄勺往锅里搅拌。老爸熟睡于长凳上，法兰西丝卡正在喂玛瑟拉喝热汤。我把蜗牛和虾子全放进一个锅里，然后坐上长凳专心等待。

老妈正料理苦瓜炖鸡肉。我呆坐思考老妈到底从哪里得到这些食材——我知道村子里的鸡肉商店存货早已用光，要到镇上才有得买。老爸一听见锅炉里的滚沸水声，立刻睁大双眼。

老妈将白饭装盘，摆上桌。她往我们每个人的盘里盛了鸡肉和姜片。老爸瞬间清醒，上桌吃饭。法兰西丝卡坐在炉边。老爸伸手想拿盘里的白肉，老妈早他一步拍掉他的手。她要求我们念祷词。然后在桌底伸长脚，开动吃饭。

我们已经好久好久没吃到鸡肉。老爸没一下子就吃光两盘，饭吃得少，菜吃得多。平常我们吃饭配咸鱼或树叶时，他总是饭多菜少——毕竟大多时候我们都在吃草。老爸端斜手中的盘子，咕噜咕噜地喝光盘里的汤。他把空盘放到锅边,想要再多来点鸡肉。

"这真是只好鸡。"他说。

老妈不发一语。她把鸡胸肉盛到盘里,要法兰西丝卡端去给玛瑟拉吃。她夹了一些苦瓜给我。老爸伸手进锅里,东翻西找地挑出了一只鸡腿。

"你从哪里找来这么棒的鸡?"他问。

"你觉得我是从哪里找来的呢?"老妈回答。

老爸把鸡腿塞进嘴里,起身时不忘再咬一大口,准备走到鸡圈。蓦然,他停止嚼食,转过身。他的眼中充满恐惧。

"布锐客呢?"他大叫,"我的宝贝跑哪儿去了?"

"在你嘴里啊。"老妈说。

老爸嘴一软,鸡腿应声落地,正巧掉进竹片地板的缝隙间。我们家的狗上前一咬,跑得老远。老爸脸色一沉,仿佛家里死了人,一股脑儿冲出屋外。我还能听到他朝大路跑去。我的姐姐吃个不停,我却食欲尽失。

"儿子,你干吗?"老妈说,"把鸡肉吃完。"

第十九章
老爸上教堂

我们家接连三年遭逢厄运打击。首先，我们家的稻田因为泥石流之灾满布砂砾。接着，就在我们兴高采烈庆祝堂哥自美国返乡之时，我家房子却被一把火烧得精光。但这些都比不过我妹妹的骤然过世——她出生于厄运第三年的年初——所带来的沉重打击。

老爸备受责难。叔伯和婶婶们把我们家所遭逢的不幸，都怪到他头上。他从不上教堂，他们骂他是异教徒。老妈虽然比较体贴，但她还是为老爸的灵魂状况忧虑。她也劝他上教堂，洗净罪孽。

"就算是为了我们的孩子吧，"老妈说，"你一定得去见见神父。"

"好吧。"老爸说。

他从架上取下帽子，爬下梯子准备出门。

"赛弥恩，你想去哪儿？"老妈问。

"去找神父。"老爸回答。

"今天礼拜五啊。"老妈说。

"见神父还要看日子吗？"老爸问。

"礼拜天才行。"老妈说。

"我不知道他这么在乎时间。"老爸说。

"还有一件事——"老妈说,"别忘了带点礼物给神父。"

"为什么?"老爸问。

"这才合乎礼节。"

"我听说他已经够胖,也够有钱了。"老爸说。

"反正就是要这样啦。"

"见个上帝还得这么拐弯抹角。"老爸说。

"以前是这样,以后也都会是这样。"

老爸爬下梯子时对我眨眼,示意我跟上。我们走过小镇,酒铺窗户紧闭。我们沿着通往墓地的狭窄古道前进。一群山羊正在嚼食矮树丛的叶子,有些则啃着墓碑上爬满的苔草。我们在入口处发现牧羊人,上前搭讪。

"我想买一只羊。"老爸说。

"我不卖。"

"那你养它们干吗?"

"我喜欢看它们在死人坟墓上走来走去。"牧羊人说,"他们有些人生前十足自大,让人痛恨;有些人生前则很单纯,讨人喜欢。但他们都死了,而我的山羊帮他们吃掉坟墓上的杂草。"

"你养了很多羊啊,"老爸说,"你拿它们怎么办?"

"我送出去啊。"

"送出去?"

"完全没错。"

"我可以带一只走吗?"

"可以。"

"现在?"

"直接挑一只。"

老爸和我爬过墓地的高墙,将一只小山羊围困于墙角。它毫不抵抗,杵在原地等我们抓它。我跪向地面,双手一伸紧抱住它的身体。它又暖又温和,舔起我的脸,摇着尾巴。老爸抓来一把长草,捆成一条简易草绳,绑在它脖子上,拉着它从大门离开。小山羊温驯地跟随。

当我们走到小路转角处,老爸回头再看了墓地一眼,表情十分古怪。

"他疯了吗?"老爸问。

"谁?"我问。

"那个牧羊人。"他说。

"我看他挺正常的啊。"我说。

"他可能的确很正常,"老爸说,"只是我从来没看过像他这样子的人。"

我们穿过学校操场,一群小朋友正在嬉戏。接着,我们再走进种满椰子树的农地,从荒瘠河岸的另一头穿出来。我们抵家时,小山羊开始啼哭。老爸将它绑在梯子边,指挥我摘点香蕉叶过来。

"儿子,好好照顾它,"老爸说,"礼拜天我们要把它送给神父。"

礼拜天,老爸清早醒来。他轻手轻脚爬到我的床垫旁,拍拍我,将我叫醒。

"快点,儿子。"他说。

"要去哪儿?"

"我们到河边洗澡!我们得干干净净地见神父。"

我们压低声音出门,走到河边。水里已经有许多男女正在洗澡。他们全都一丝不挂,衣服铺在沙岸上。我们脱光衣服,加入行列。洗净后,我们用手遮住重要部位,离开水面回到陆地。穿衣之前,我们站在原地不动一分钟,让太阳晒过我们全身,顺便甩干手脚上的水珠。

回家的路上,身后仍在洗澡的人们声音渐次微弱。我们才走进自家院子,就闻到早餐的香气,赶紧快步向前。我们围坐小圆桌边,老妈在我们需要的时候,总会实时现身。这就是我们家。

老爸和我穿上干净衣服,走到屋底下,准备牵羊。

"要乖喔,"老妈对我说,"这点钱给你。"

"给我干吗?"

"孩子,要买蜡烛啊,"她说,"为家族过世的人在祭坛上点根蜡烛。"

老爸将山羊拖到门口。我跟着,手心传来五分钱硬币的冰凉触感。当我们走上大路,遇到其他同样准备上教堂的人。他们穿着沉重的黑色衣裤或丧服。他们携带大袋水果给神父当礼物。有个男人胳膊下还夹了一只红公鸡。村里的小男孩们带来茄子和苦瓜。有些女人则带了结实米糕。

在我们抵达公所前,老爸将牵绳交托给我。我紧紧握牢,山羊在后尾随,仿佛它也明白这一刻的意思。几个站在大路旁的小朋友对山羊指指点点，还朝它扔石头。老爸赶散他们，再走回山羊后头。有时候他会停下脚步，因为鞋里进了小石子；有时候我们停在自流井喝水歇息。不过在抵达教堂之前，老爸已经忍不住脱了鞋，提在手上。

教堂的门敞开。人们无声进入，把带来的礼物堆在教堂墙角。这堆礼物由两位看守人负责管理。活生生的礼物则需放在外头，等仪式结束才能带进去。

"儿子啊，我先进去。"老爸说，"好好看着羊，我去去就回。"

"好，老爸。"我说。

我站在大门口观察来往人群。他们干干净净、一脸朝气，走进教堂却总带着一抹沉厌世感。等他们出来，眼神又透出奇异的愉悦光彩。从他们打量我和山羊时的表情，我一清二楚。他们已带着全新的生命离开。

我看见那个带着红色公鸡的男人，他也待在树下。我走近他，询问他究竟在等什么。他带着礼物正等待神父。他将公鸡放在山羊背上。经过的人们见了，总会好奇停下脚步。

老爸迟迟没出来。弥撒都快结束了，我开始担心，我想看看教堂里长什么样子，还得帮我们家过世的人买蜡烛。我决定带着羊走进去。

教堂里十分宽敞，墙壁装饰大型窗户。外头的光束大把大把从窗户射入。教堂内气氛肃穆。我走到教堂中央，祭坛就在前面，烛火发出亮光。有些虔诚的教徒从祷告中抬头，推开山羊。教堂闷热，这只动物汗流不止。我看见老爸跪在圣母子像前祷告。我走过去，在他身边伫候。山羊则躺在我脚旁。

等我察觉状况，为时已晚。极端热气逼出山羊身上的腥臊，可怕气味在空中久久不散。人们纷纷离开我们身边，走到远方角落继续跪下祈祷。我们镇上很多有钱人早感到恶心直接离开。神父的助手们一脸惊恐，在走道上来回踱步。正在主持仪式的神父加快说话速度。他相当不自在。

山羊开始莫名啼哭。人们纷纷停下祷告，掀起丧服一角捂住嘴巴，忍俊不禁。唱诗班的男孩们惊慌失措。山羊跳上跳下，那激烈的啼哭声响回荡在教堂之中。老爸一把抓住它。我则用两只手紧紧压住它的嘴。神父中断仪式,过来走道。

"把它带出去!"他说。

"可是这是要送给您的山羊,神父。"

神父蹲下来,满脸怒气的他压低声音对老爸说:"把这个臭东西给我带出去。"

老爸举起山羊,从跪姿站起身。人们捏着鼻子,在我们面前让开一条路。等我们走到门边,才发现角落堆放的礼物早被收进去。老爸放下山羊,回头一望。有那么一瞬间,我以为他想说些什么。不过他只是牵起我的手,不发一语地走路回家。

老爸想要归还那只山羊,但是老妈坚持我们可以找到让它留下的理由。我们把它带到村里,让它自由自在地在牧场上活动。它和我们家的乳牛、水牛打成一片,甚至还和我们家的看门狗玩在一起。老妈对极了。它挺有用的。

不久,我们听说那位神父死于暴食。

"真想知道天堂有没有山羊。"老爸说。

他再也没去过教堂。

菲律宾关键词

#8 宗教

受西班牙殖民影响,菲律宾有百分之八十五的人信仰天主教,境内甚至有四座巴洛克风格的天主教堂被列为世界遗产,分别位于马尼拉、圣玛丽亚、帕瓦伊和米亚高。若加上基督教浸信会、卫理公会、摩门教派等,菲律宾的广义基督徒高达百分之九十。

自十四世纪经由马来半岛传到菲律宾的伊斯兰教,版图在西班牙人到来之后迅速缩小。目前只剩下民答那峨岛仍以信奉伊斯兰教为主,除了沿海地带,那里几乎很少受到基督信仰的影响。

第二十章
老爸的儿子

老爸不会特别宠爱某个儿子。不过有一回欧宋哥哥从城里回来,老爸似乎在他的奇异行为上,发现自己的未竟之梦有了实现的可能。欧宋总爱拄着拐杖大摇大摆走路,老爸则一天到晚跟在他后头。有时候他会停在酒铺和其他男人聊天。

"他根本就是照我的模子刻出来的!"他对他们说,指向我哥哥。

男人们一饮而尽,放声大笑。他们将手放上老爸的肩膀,对他摇头。

"赛弥恩,你可真是个悲剧啊。"他们说。

他们说的没错。老爸的确是个悲剧。欧宋哥哥长得和他完全不像。欧宋很高,肤色漂亮。他的骨架挺拔,腿毛又粗又长。他能够说好几种语言和各地方言。他完全不喝酒,只抽美国出产的雪茄或香烟。

老爸又矮又黑。他的骨架软趴趴,全身上下唯一有毛的地方是他的头顶。老实说,那看起来也不太值得显摆。他目不识丁,只会说我们这边的方言,而且程度差劲。凡是含酒精的饮料,他都会像马喝水般大口饮尽。一张嘴除了出口成"脏",没有别的本事。

老爸的外观也跟老哥完全不像。欧宋穿着得体,说话慢条斯理。老爸看起来像是乞丐,身上的衣服邋遢破烂,走起路来有点驼背。他的声音粗哑,还会破音。不论他用什么语气说话,听起来都像在骂人。

酒铺的人们哄堂大笑,互相推挤。

"我说了什么蠢话吗?"老爸问。

"滚吧,赛弥恩。"他们说。

老爸走回街上,从远处望着他们。他们对他大声嘲讽。放声大笑之后,他们又回过头继续喝酒。

老爸跟着我哥哥走到镇中心,在后头踩出一模一样的步伐。他踩在老哥的脚印上——可是他自己的步伐长度短了一大截。他从路边捡来一根棍子,在手中甩动,就像老哥把玩自己的拐杖一样。人们打开窗户,从他们走路的样子得到许多娱乐。

每天,老爸都跟着老哥走到镇上。傍晚回到家,他就带着惊奇和喜悦的眼神凝视着他。不过也是这时候,老哥变成全村人的焦点。

我和瑟吉欧叔叔从斗鸡场回来。瑟吉欧叔叔输了钱，我们两个都挺悲伤。我帮他提着那只斗死的公鸡。忽然不知道打哪儿窜出来一只狗，一嘴咬住斗鸡尸体，好险，那狗被叔叔一脚踢开。那只狗吠过几声，跳进树丛。

我们边笑边跑，想摆脱先前的哀伤气氛。接着，我们看见一群男女围住一棵高大的椰子树观望。我们在人群之中推挤前进。一个老人和他的两个儿子抬头望向树顶。他们人手一把锐利开山刀。老人紧捉一名年轻女孩，她才停止哭泣，老人就给了她一巴掌。

"一定是只大猴子！"瑟吉欧叔叔抬头看着那棵树说。

"不是猴子，"老人说，"那是欧宋·山巴阳，就是赛弥恩·山巴阳的亲生儿子。你等着看，要是他不娶我女儿，我就把他耳朵割下来。"他拿起刀劈砍椰子树，叫两个儿子也一起动手。

老哥着魔似的朝着我猛挥手。树很高，不过他却一眼认出了我。我压根没注意到他。我还以为他只是想赶走眼前的苍蝇。他脱掉鞋子，朝着老人扔过去。群众退开，继续喧闹。老哥又丢下拐杖。老人怒气冲冲,挥舞手中的开山刀。

"下来,把我女儿娶回家!"他大叫着。

老哥爬到树顶,消失在树叶丛之中。突然,他再度现身,手中拿着一颗椰子,毫不犹豫地朝地上的人们丢下来。他们跳到一边,躲到安全之处。群众们朝街道方向移动。刺眼阳光下,想看清楚欧宋哥哥的位置实在不容易。老人跑到树下,继续向树干挥舞开山刀。老哥丢下另一颗椰子。老人飞也似的跳到一旁。他晃动手中的开山刀,发狠诅咒老哥足足有三次之多。

他们无法再接近椰子树。他们手痒得恨不能立刻将这棵树劈成两半,但是老哥不断朝着他们投掷椰子。前来捡拾椰子的小朋友,我哥哥却完全没伤到他们。甚至他还摘了新生椰子,以椰子叶将就做成的草绳固定,往下传给他们。绳子倏然断裂,椰子掉落地面摔散。小朋友们跪在地上舔食鲜嫩的椰子奶。

老哥从树干后露脸,向他们招手。忽然,他发出一声哀号,往树下爬——他无意间压破了大黄蜂的巢。大黄蜂从四面八方攻击老哥。他以单手机敏地往下爬,另一只手则努力保护自己不受叮咬。等他落到椰子树中段,老人和他两个儿子又继续砍树。老哥卡在半空,不知道如何是好。

老人的次子朝我哥丢了一颗石头,击中他的头,他对着他们咆哮。男孩再丢了另外一颗石头,这一次击中我哥的左手。老哥现在只能靠右手平衡。男孩正准备抛出第三颗石头,我伸手一丢,那只死鸡硬生生击中他的脸。他脸上闪过一丝惊恐。我在人群中向外推挤,想赶快跑回家。

老爸和我所有的哥哥们全待在家。我把欧宋哥哥遭逢危险的事情说了一遍。他们立刻拿起开山刀和其他金属工具走下屋子。他们要我把所有叔叔、堂兄弟找来,还交代说这是刻不容缓的任务。

我一找到叔叔们和堂兄弟们,就要他们赶紧跟上。他们擎起开山刀和斧头出门。老爸和老哥早就到了。老人和他儿子们不再砍树。他们在离我们几公尺远的地方排成一排。

"你儿子竟敢夺走我女儿的贞操!"老人说。

"那也要你女儿还有贞操吧。"老爸回话。

女人们咯咯笑起来,彼此捏来捏去玩闹不休。男人们则大喊大叫,在地上跺脚。

"你以为你是谁啊!"老人质问。

"既然你问起,我是他老子啊。"老爸说,一边指着老哥。他还挂在树上。老爸走到树边,说道:"下来吧,儿子。"

叔叔和堂兄弟们挥舞着手中的开山刀和斧头。老哥终于下来。老爸抓起他的手臂,带他离开。老哥像是小孩子般依偎在老爸身旁。他们大步向前,仿佛是同一个人。我帮他收好鞋子和拐杖。一起跟着回家。

老妈在院子里等候。看她忧心忡忡,就知道大事不妙。

"有个陌生女孩在房子里面等人。"她说。

"哪来的陌生女孩?"老爸问。

"她说是欧宋的朋友。"老妈说。

"儿子,你到底骗了几个女孩子?"老爸质问他。

"我不好说。"欧宋回答。

老爸要所有哥哥、叔叔和堂兄弟们等在外头,交代老妈准备一些食物。他和欧宋老哥一起进了屋。我从窗户爬进去,看见那女孩坐在厨房长凳上。她很漂亮。老爸在屋里走过来又晃过去。他正绞尽脑汁思考。

"你说你真的爱上了我儿子?"老爸问她。

"是的,父亲。"她说。

"别叫我父亲,"他说,"你又还没嫁给我儿子。"

"好吧,爸爸。"她说。

老爸停下脚步看着她。"爸爸。"他一面沉思,一面复诵这个词,继续说道,"听起来不错。女孩,可以再说一次吗?"

"是的,爸爸。"她说。

老爸又开始踱步。那女孩对我哥哥眨眨眼,也对我眨了两次。老妈盯着她,不发一语。

"你年纪太小了,不能结婚。"老爸说,"何不先回家,明年再来呢?"

"我已经没有家了。"她说,"我把所有衣服都带来了。我一定要留在这里,再也不会走出这家门一步。我喜欢这个地方。"

"老爸,这是争取自由恋爱与结婚的静坐示威!"我说。

老爸把手按在我头上好一会儿。接着,他走向窗边,要我的叔叔、堂兄弟们先回去。等他们都离开后,他差遣我到酒铺去。我带回来一加仑的红酒。

"儿子,咱们来庆祝吧。"他说。

第二十一章
老爸和斗羊

老妈双手交握,在屋里面来回踱步。她在窗户前停下脚步,发现外头有一群鸡正啄食我家晒在院子里的米,气得对它们破口大骂。

"快给我下去,把那些 marauders(掠夺者)赶走!"老妈对我说。

"妈妈,我可以先吃完这根香蕉吗?"我问。

"我说——快给我下去!"她大吼。

我把香蕉放进口袋,吃到一半的炒饭留在桌上。我走到院子里,拿起长长的细竹枝赶鸡。我坐在荫凉处,只要有鸡想偷跑回来吃米,我就拿石头丢它。

老妈自窗边消失。我听见她在屋里四处走动的声音,偶尔她会在窗边伫立一会儿。有一只公鸡飞过栅栏,跳进院子。我立刻拿起竹枝追过去,把它逼到院子另一角,只见它又飞过栅栏,消失在棕榈树影间。

突然,大门口传来一阵骚动,就像牛车载满石头路过时发出的声响。我以最快速度转身,紧握竹枝奋力奔向大门。一个人影都没有。我等了一会儿。

看见老爸的头从大门后面钻出来。

我将脸凑近门板间的缝隙,想看看他到底带了什么回来。老爸正跪在地上,双手紧紧抱住一只白色公羊。

"老爸,你从哪儿抓来的羊?"我问。

"把大门打开,不要发出任何声音。"说完,老爸忧虑地朝屋子望去。公羊跟着他走过院子,走进谷仓下方。他向我打手势,示意跟上。

屋里一片寂静。等我走近谷仓,老爸正跪坐在公羊旁边。他仔细擦拭它的大角。那只动物舔着老爸的脸。

"儿子,喜不喜欢?"老爸问我。

"那两只角好大好威风。"我说,"我可以骑它到门口吗?"

"现在还不是时候。"他说,"先喂它吃点东西。"

"我来帮它找食物!"我说。

"去找新鲜树叶和树皮。"老爸说。

我走到瑟吉欧叔叔家的院子,爬上可可树。我砍下一根巴掌大小的枝干,丢在地上。爬下树,收集枝干上的树叶。我回到谷仓让老爸喂公羊吃东西。

老妈出现在窗边喊我。老爸起身,站在我身边,试着用可可树叶遮住我。他看起来非常非常焦虑。我慢慢绕到屋子另一头,回到我们家晒米处。老妈看见我,失望地摇了摇头。

"你又在跟哪个陌生人聊天?"她问。

"不是陌生人,"我说,"是老爸。"

"他旁边那女的是谁?"她质问我。

"那不是女人,"我说,"那是一只白色公羊。"

老妈瞬间消失。接下来,我看见她走向谷仓。她狠狠赏了老爸一巴掌,顺势踹了公羊一脚。那动物从她身边跳开。老妈还想再补一脚,老爸却护在它前面。公羊不再吃东西,用受伤害的眼神盯着妈妈。

"赛弥恩,我交代你去买的东西呢?"老妈问。

"我走到市场,然后有个男的把我拦下来。"老爸说。

"谁拦住你?"老妈说,"你在说什么疯话。"

"那个男人牵了一只白色公羊。"老爸说完,轻拍那只动物。

老妈低头望了公羊一眼,一阵绝望,双手紧紧交握。她气得一次用两条腿踢那只公羊,结果以背着地,整个人重重摔落地面。老爸想扶起她,但是被她推开了。她气冲冲地奔回屋子,沿路朝沙地吐口水。

"我该怎么办啊?"老妈绝望地哭号,"我的姐妹想来拜访,我交代老公去买点东西,他竟然牵了一只臭气冲天的公羊回来!"

我从荫凉处跳起,朝着一只幻想出来的公鸡咆哮。我生怕老妈把我赶回村子,这样一来我就见不到柯萝莎阿姨了。我从来没有见过她。她在大都市住了一辈子。对于住在大都市的人,我都怀抱憧憬。

"小子,你在干吗?"老妈见我正在驱赶幻想出来的公鸡,便问我。

我跳过地上的米堆。"我要赶走这只鸡!"

"你跟你那个懒鬼老爸越来越像!"她说。

我回到荫凉处,把竹枝挂上挂钩。不过末端却碰到地上的米。我拿来一条细绳,将竹枝绑在我的脚趾头上。这样一来,只要我移动身子,竹枝也会跟着动,就能够威慑那些鸡。我把洋槐树的叶子铺在地上,准备睡午觉。

老爸的声音如梦般进入我的耳朵,在我的意识里轻轻发响,让我的睡意沉入更深的地方。他正搀扶柯萝莎阿姨走下马车。马儿骄傲地发出嘶鸣,摇晃身子。尘土像屋里的苍蝇般飞扬起来。老妈扛起阿姨的行李,抢在他们前头走进屋子。

"那个伊格洛野孩子是谁?"柯萝莎阿姨指着我问。

"不是猎头族的孩子,"老爸狡黠地对我眨眼,"是我家老幺。"

她打开一只装满糖果的袋子,分给我一些糖果。我摇摇头,回头看父亲。他傻傻笑着,对我眨眼。

"他不吃糖。"他说。

"我这辈子没见过不爱吃糖的小孩。"她说,

"那他到底喜欢什么?"

"柯萝莎,既然你那么想知道——"老爸开怀大笑,在地上重重跺了几脚,说道,"他就爱喝酒。"

她把手放在我的脸颊上。"我的外甥好可爱喔。"她说。

我尾随他们进屋,当阿姨发现我站在门边,她一阵惊喜,眼睛大睁。

"到这里来,外甥。"她说。

老爸又狡猾地眨了一眼。他正站在我阿姨后面,手里拿着看起来像是酒瓶的包裹。我发现阿姨手上有把玩具枪,开始有点乐。

"你喜欢玩具枪吗,小子?"她问我。

"他不需要那种东西。"老爸说。

"他可以拿去打小鸟或小动物啊。"阿姨说。

"柯萝莎,他不需要这么做,"老爸说,"小鸟啊小动物啊,都会自己跑到他身边。他是山林里的孩子。他就是有这种能耐。"

柯萝莎阿姨凝视着老爸好长一段时间。他的脚动来动去,暗示我离开。她打开行李,把衣服全铺到地上。她送给姐姐们几件短衫和毛衣。

阿姨送给老妈一件新的丧服,老妈乐死了。她是镇上的职业哭丧人,擅长没日没夜用美丽姿态展现哀悼之情,仿佛身陷巨大悲怆之中。当她脱开丧服,眼眶完全没有眼泪,可以毫不犹豫地谈论价码。老妈的手段让人受不了,但还是有顾客上门。老妈是很厉害的哭丧人,雇用过老妈的人皆认为每一分钱都花得值。

"你要不要先来一段?"柯萝莎阿姨问。

老妈把丧服罩到头上。她跪在地上准备哀悼。突然她停下动作,走到我们放枕头的架子边,取下一只枕头,拿黑色的布把它包起来。

"少了这个我就觉得怪怪的。"她说。

老爸又对我眨眼,他注视阿姨的样子很奇怪。他要我趁老妈不注意,赶快离开。可是老妈的哭丧实在太真切,我想留下来看,便假装没注意到老爸的暗示。他走到我身边,踢了我一脚。好痛,我只好起身离开,不过老妈此时也停下来。

"我不行了,妹妹,"她说,"我现在饿得像头水牛。我们先吃饭,等一下我再继续哭给你看。"

老爸浑身不自在。他试图往门外走,却被老妈一把抓住腿。

"赛弥恩,你想去哪儿啊?"她问。

"我打算下去找点吃的。"他说,"柯萝莎,你喜欢炖羊肉吗?"

"我最爱吃炖羊肉了。"她回答。

"那我出发前,可以先喝一些生命之血吗?"他问完,把包裹抱入怀里。

"可以啊,姐夫。"柯萝莎阿姨回答。

老爸走到厨房,拿出酒瓶。我听见他倒酒,酒瓶汩汩倒出酒液的声音,总共三次,然后好长一段时间没有任何声音。我听见老爸爬下屋子,朝着谷仓走去。

不久,院子传来一阵骚动,仿佛有上百个人要奔往火灾现场看热闹似的。老妈第一个跑到窗边。我则是挤进老妈和柯萝莎阿姨中间。我们看到那只公羊粗野地朝老爸直冲,两只尖角准备大开杀戒。老爸轻拂脸庞,像沾到蜘蛛丝般。他们绕着屋边跑了几回,每跑完一回,公羊看起来就更加愤怒。它垂下头,鼻子骄傲喷气,挑衅老爸。紧接着,它后退了几步,全速往老爸冲去。

老爸试图跑到梯子旁,可是公羊实时阻挡。邻居们走出家门,趴在栅栏上看热闹。他们紧盯公羊在院子里追逐老爸。等老爸从屋角走出来,手里多了一把长刀。他突然转身,对抗那一头朝他笔直奔来的公羊。老爸高高挥舞屠刀。不过那只动物可精明了,它和人类一样清楚什么时候得逃离杀机。接下来的场面,换老爸追着它跑。他一下往左砍,一下往右劈,仿佛一个人面对一整群斗羊的攻击。

一个不小心,公羊被石头绊倒。可惜老爸没有及时追上。它在地上翻滚一圈便瞬间跃起。它朝大门奔去,两只角却陷进门板的竹片隙缝。它狂暴挣扎,终于脱困。公羊后退几步,鼻子喷气,转身逃走,消失在屋子后方。老爸紧追不放。

等他们再跑到空旷处,老爸改以 Z 字形追赶它。怎知竟换老爸被石头绊倒,手中屠刀飞出我家栅栏,水平落在一名旁观者脸上。老爸想往门口逃,可惜事已太迟。公羊朝老爸的屁股一顶。他双膝跪地,仍向大门爬过去。

老爸根本醉得不省人事。他就像是赏金拳手挥舞着昏厥前的最后几拳。公羊恶狠狠地撞击他的躯干。之后，又再发动一波攻势，但这次老爸抓住它的双角，整个人压上去。他把重心压向一边，使出吃奶的力气将这只动物甩出去。一人一兽都摔在地上。旁观者发出兴奋的欢呼。

老爸再次在地上匍匐前进。他拍拍脸，朝着公羊的方向望去。他的视线已经模糊。那只动物也在地上挣扎蠕动。它摇着头，试图要避开某个即将吞噬它的危险。它盲目冲向栅栏，羊头穿过竹制栅栏时被卡住。它虚弱地挣扎，想要重获自由。这次，它再也无力让两只骄傲的大角挣脱束缚了。

老爸起身蹒跚走向那只公羊。他捉住它的尾巴，恶狠狠地拉着。他重重摔在地上，一动也不动。接着，他发出了粗鄙的打呼声。公羊的身体在沙尘里滚动，也渐渐进入梦乡。旁观的人们扯破喉咙叫喊。他们像小朋友一样在沙地上跺脚。

此时，我发现瑟吉欧叔叔从大门走进来。他把公羊从栅栏里解救下来，然后摇摇头。他右手扛起老爸，左手扛起公羊，一人一兽全扛进屋里。

"侄子，你拿了什么喂它吃？"他问我。

"你家的可可叶。"我说。

"难怪它会醉成这副德性。"他说，"他们两个都醉惨了。把屠刀给我。"

"它的角可以留给我吗？"我问。

第二十二章

老爸的教育

我从河岸另一端的牧草地牵牛回家，老爸正在院子里和一名陌生男子说话。我继续往谷仓去，把牛绑好。干草已经放了好几天，我又到干草堆取了些新的牧草过来喂牛，然后进屋。

老爸立刻跟上来。那男人在楼下抽了根烟。他走进屋来，和我哥哥伯尔多握手。他刚放学。老爸走进客厅和老妈说话。他带着她出来，男人礼貌性地向他们点头示意。

"怎么了，赛弥恩？"老妈问。

"是这样子的，玛塔，"男人说，"原本帮学校敲钟的工友，前天因为喝酒过量暴毙。我们需要有经验的人来接替他的工作。"

"我老公根本没有经验。"她说。

"你儿子伯尔多——天佑好人——跟我说你先生曾在革命时期担任过小号手。这是真的吧，赛弥恩先生？"他说。

"呃，我啊，算是吧。"老爸说，"事实上，那喇叭我还留着。"

"那真是太棒了。"男人说。

"你愿意听我吹奏,缅怀一下过往吗?"老爸问。

"当然好,"男人说,他是我们学校的校长,"我很久没听到喇叭演奏了。"

老爸走到他收藏物品的柜子前。喇叭已经生锈,不过形状倒是维持得不错。他一口气吹掉乐器上的灰,拿来一块布仔细擦拭。我们站在他身边,等待这重要一刻的降临。老爸的嘴凑上喇叭开始吹奏。他睁开双眼又合上,仿佛正在朝我们做鬼脸。一开始那声音听来有些破音,老妈看着他皱起眉头。乐音逐渐舒缓,带着流畅节奏。老爸将手心放在喇叭口,吹奏起一支动人的曲子。

"果真是美好的喇叭乐音。"男人说道,"那是什么歌?"

"我忘记歌名了。"老爸说,"多年前我还记得这歌的副旋律。你想知道我是怎么学会的吗?"

"不用了,赛弥恩先生,"他说,"我喜欢这旋律。"

"那是舒伯特的《圣母颂》。"伯尔多回话。

"你确定吗,孩子?"男人问道,"你怎么会知道这是舒伯特的《圣母颂》？"

"我今天在斯尔特小姐的课上听到的。"老哥说,"她是新来的老师。她从城市里带来了一台留声机,一整天都在放歌。"

"小子,你在开玩笑吧？"他说,"你是说,我们学校里有一台从都市运来的货真价实的留声机？"

"没错,真的有一台。"伯尔多回答。

"我真想操作看看。"男人转身面对父亲,说道,"没想到你能把一段副旋律记得这么久,实在很厉害。你究竟是多久以前听到这首曲子的,赛弥恩先生？"

"超过三十五年了！"老爸说。

"太惊人了！"他说,"你的记忆力实在厉害。我可以试试那支乐器吗？"

老爸将喇叭交给他。他以和老爸相同的姿势朝喇叭吹气。一声刺耳噪音从喇叭传出。他皱起眉头,把喇叭交还父亲。

"我有空再试吧。"他说,"你愿意接受这份工作吗？"

"他去上班有什么赚头?"老妈问。

那男人从老妈身旁退开,仿佛遇到一条狗。

"你是说,多少钱吗?"他说,"你是说,我们应该用钱来污染一个能够欣赏美好音乐的人吗?玛塔,你是这个意思吗?"

"没错,我就是这个意思。"老妈回答。

"你真的理解你老公所拥有的才华吗?"他说。

"你该不会是个赌鬼吧?"老妈说道,"只有赌鬼才会像你这样专说好听话。"

"你是什么意思?"他说,"虽然我在学校经常发现纸牌飞舞,可我根本分不清牌上的国王和王后。再说,前几年我曾上斗鸡场跟着他们叫喊过,没错,但我可从来没有在任何一只斗鸡上下过注!每个礼拜天我都要上教堂啊!玛塔。"

"那你指甲为什么留那么长、那么尖?"老妈问道,"难道不是想在纸牌上做记号?再说,为什么你的眼睛小且布满血丝?难道不是受过训练,可以一眼看出斗鸡场里哪只鸡最值得下注?"

"背上长疮我能控制吗?"他说,"我就是得用指甲去抓痒啊！我的眼睛只用来读书，虽然偶尔会拿来看牌。我不过是做个想赢个几千比索的白日梦，这样难道就对神不敬吗？"

老爸的脚掌踏来踏去。他一直想示意那男人转过身注意我。等到他终于看懂老爸的暗示，他立刻抓紧我不放。

"玛塔，我来跟你交换条件吧。"他说，"如果你老公接受这份差事，我就负责把这小孩子教好。他现在看起来像是个伊格洛野人，但我可以把他教养成绅士。这样公平吧？"

老妈深锁的眉头舒缓开。"你想读书吗，儿子？"她问我。

"我在学校没什么用啊。"我说，"不过应该和骑水牛不一样吧。"

"别忘了教他写好自己的名字。"老妈说，"结婚的时候会用到。"

"我可以用自己的喇叭，不用学校的钟吗？"老爸问。

"如果你的心和灵魂都寄托在喇叭上，当然没问题。"男人说道。

我们三个人一起离开屋子,肩并肩走去学校。

每天早上,老爸都会站在校舍门廊吹奏他的喇叭。小学生们在空地集合。升旗时,老爸便吹奏国歌。等到开始上课,老爸在各个教室间游走,他会坐在后头听老师上课。回家时他的眼神总散发陶醉光彩。

十一点一到,他再走到门廊吹奏休息号。老师们的课程告一段落,学生们再跑到空地排排站好。等几分钟的体操时间结束,就回去吃午餐。他们吃芒果和木瓜。有时候,他们也会吃烤玉米或水煮地瓜。下午一点,他们再回班级上课。

老爸会消失两到三小时。我们听见他躲在操场树丛后头练习喇叭。有时候则听到他为女修道院的修女们吹奏音乐。下午五点,老爸再度站上门廊吹奏喇叭。小学生们用报纸包好课本,再跑去空地——有时候他们会用藤蔓捆书,把书吊在背上。然后他们沿着街道走回家。

老爸走进校长办公室。欧可先生——也就是校长——正和我在小房间里面玩蒙特赌牌。老爸坐到我身边,看校长发牌。我口袋里根本没钱,只是纯粹消遣。校长连几比索小钱都不愿信任我。他没有赌徒心态,对他来说这其实挺不利。我对他展示瑟吉欧叔叔教过我的几个招式。欧可先生非常难过,同时也非常开心。他一直把牌往桌面扔,又轻抚我的额头。

"这小孩真是个巫师!"他说。

"他的确能教你几招——如果你是这意思的话。"老爸说。

"你是从哪儿学来这赌牌才华的?"他问。

"他可是我儿子啊。"老爸说,"儿子,再来几招新鲜的。"

"我不介意学个一两招。"欧可先生说。

我发了几次牌,教校长几个招式。他的眼球因为太惊讶而突出来,双手狂热地往他头发上猛拍。他压根不相信牌桌上发生的一切。纸牌在我的手指间跳舞,甚至无形跳跃。真希望瑟吉欧叔叔正和我们一起,这样一来他就可以教我们更新的把戏。我打算一回家就到他那儿去。我想展示更令人吃惊的把戏让欧可先生瞧瞧。我知道叔叔一定会教我。如果他教会我那些机巧招式,我想,我应该有办法吓死欧可先生。我不知道为什么会对他有这种想法。卡片在我指尖跳跃回旋。我将牌摊在桌上,全是一对一对。欧可先生一声低吟,抓住我的双手。

"孩子——"他十分亲切地说着,"为什么你不把这一身功夫变成专职呢?你会变得很有钱!"

"我不想要变有钱啊。"我说:"和水牛在一起,我就心满意足了。"

"这孩子是个天才!"他说,"你听,他完全不把钱当一回事。听!他对财富抱持轻蔑的态度。这就是所有天才的共同特征啊!赛弥恩,我可以收养他吗?我好需要这个孩子。"他瞧瞧摆在桌上那一叠高耸的账单,又瞧瞧角落里那只里头所剩无几的保险箱。他环视办公室的奇异神情,激发出老爸的同情心。"我可以借他几晚吗?"

"只借三晚。"老爸说。

欧可先生差点喜极而泣。他跑向保险箱,拿出一叠公款。老爸吹奏起舒伯特的《圣母颂》。我想继续听,因为我实在好喜欢这个旋律,不过欧可先生揪起我,把我带到门口。

"孩子,咱们出发去斗鸡场吧?"他说,"有了你的功夫，我们一定赢。"

我从来没学到怎么写名字，因为校长占据了我所有时间。他要求我指导他赌牌技巧。老妈问起我的学习进度——我在斗鸡场遇到她时，并没有回答自己在那边忙什么。我碰到老妈的时候，她正好在舞台边兜售自制米糕。我告诉她，我正在等欧可先生。我走到校长身边，跟他说我要回家。他让我回办公室等他。

等他回到办公室，一位单脚装着木制义肢的小个子男人正在等他。他要欧可先生将其他老师集合至行政大楼。我爬到窗户边，看到他们像小学生一样排排坐。木腿小个子站在前面，用英语对他们演说。他挥舞拳头往桌上敲，对老师们鬼吼鬼叫。他是本区学校的督察长。

老爸开始吹奏西贝柳斯的《芬兰颂》。小个子男人即刻静默，往窗外探。他没看见我，但也说不定早看见了。他让其中一名老师出来阻止老爸，那时候现场老师们都分心听老爸吹喇叭。

老爸中断吹奏。老师回到教室。他们再次安静端坐,听小个子男人训话。我爬上窗户,坐于窗棂,盯着站在桌前的男人瞧。

欧可先生立刻发现我。他用手势暗示我快点离开。我清楚他不希望其他老师发现我,因为他们之中有很多赌徒,他们可能也想借用我帮个忙。靠窗边的老师不是赌徒——他每个礼拜天都上教堂。他揉了一个纸球,朝我丢过来。我接住纸球,又丢回去。他再把纸球捏好,还吐了一口痰。他上走道,用尽全身力气将纸球丢过来。

我一把接住,跳到地上。我捡起一颗石头,把它包进纸球。我爬回窗边,丢出那个包着石头的纸球。老师想着蹲到书桌下躲避,可惜迟了一步。他被击中额头。他两手按着额头红肿处,趴在桌上。

老爸突然吹了起床号。每间教室皆一阵骚动,仿佛一整队军人攻击港口。小学生们冲出教室,在走廊上踏步。他们跑出门廊,直到看见老爸坐在旗杆旁才停下脚步。

老师们也像小朋友一样,惊慌失措地从教室跑到走廊。他们以为发生了火灾。整座建筑物陷入混乱。小男孩们被人潮踩在脚底,女孩子们则躲在书桌底下。

我看着房里的小个子男人。他被独自留在教室。他的木腿卡在竹片地板缝隙间,没办法脱身。他试图以两手的力量拔出木腿,整个人反而跌在地上。他发出痛苦的呻吟。我赶紧跑进那房间里,试着帮他,但是他实在是太重了。

"博士,别乱动!"我说,"我快要把你救出来了。"我从窗户出去,爬到校舍底下。等我发现那条木腿,上面已经沾满鲜血。

我用肩膀抵住木腿,试着用力将它顶上去。我在湿滑地面跌了一跤,整张脸仆地。我搬来一颗大石头放在洞口下方,踏上去用力顶住木腿继续往前推。花了我好长一段时间,不过总算成功。男人从洞口脱身,在室内等我。

"谢谢你啊,孩子。"他说,"你是个好孩子。我真想见见你的父亲。"

我们走到外头去。老爸还在吹奏起床号。他的身旁围绕了许多老师和小学生。小个子男人推开众人来到他面前,并且高高举起手。我及时发现这即将上演的灾难!

"他是我爸爸!"我说。

他转过头看我,试图微笑。他紧抓自己的腿,跳进校舍门廊。他冲到教室,命令其他老师们跟上。

隔天一早,欧可先生、老爸,还有我,全都被开除了。欧可先生最终变成了职业赌徒,不过他没有因为我的那些牌技变成有钱人。

第二十三章

老爸的从政之路

我们在镇上的房子,是我出生前就盖好的草制棚屋。支柱虽然是坚固的莫拉夫树,地板却由粗糙柚木片铺成。随着年月过去,表面倒是越显光滑明亮。墙壁与屋顶由编成片状的尼帕棕榈树叶组合搭成。每三年左右,这些树叶就会彻底烂掉;一到雨天,屋内就进水。老妈在地上摆满瓶瓶罐罐接水,我们老是不小心踢倒罐子。每次老妈都得再重新摆放一次,久了她也犯懒,干脆放任雨水淋湿我们家的米缸跟衣服。

最后,我们家的墙壁被雨水打落倾塌,随大水冲进河里。屋顶上好几个洞,每个都跟我家水牛的头差不多大。夜里我们躺在地板上便能看见天空的雨。夏季则可以观星。老爸总说要回村里去弄一些树叶、青草回来做墙壁、补屋顶。不过,好几年过去了,屋里毁损的地方根本不曾修缮。直到热带地区的炎热阳光将腐烂的尼帕棕榈树叶晒干,强风吹过,我家的屋顶竟然随风飞走。墙壁一面接着一面倒塌,最后我们家看起来像是一个荒凉村落里的骨架废墟。

老爸不得不回村里去了。他带上开山刀,交代我背起镰刀陪他出门。我们将牛从谷仓下的柱子解开,两人骑了上去。等我们抵达河岸,有个男人在岸口朝我们叫喊。他拍打双手,仿佛一只被射杀落地、翅膀微弱挥动的鸟儿。他朝着我们过来,沿路捧着胸奔跑,像护住丰满胸部的女性。我们从水牛上跳下,等他过来。

原来是堤欧·多洛,警察局长。他停下脚步,捉住我家水牛的尾巴。

"堤欧,有事吗?"老爸问。

"我们需要一个新的狱卒。"他说。

"东勾出了什么事?"老爸问。

"被新的议会解雇了。"堤欧说,"你也清楚啊,政治工作的本质就是今天进去,明天出来。"

"我可没想过要当公务员。"老爸说,"要是我接受,薪水怎么算?"

"要看状况。"堤欧说,"任期之内,你能弄到手的都是你的。"

"这只是你的单方面主张。"老爸说,"不过的确很有可能捞一笔。而且我也很好奇,我们镇长到底会不会写自己的名字。"

"好了,赛弥恩,"堤欧建议,"我们镇上所有政界大人物都是从基层做起的,像是抓狗之类的工作。你到底要不要这差事?"

"我正打算在今年夏天把我家屋顶修好。"老爸说。

"我知道你会想办法捞到油水。"堤欧说。

老爸跳上牛背,堤欧·多洛跟着跳上去。我落到最后,坐在他们后头。老爸踢了水牛,我们途经我家,继续朝大路而去。我们以惊人速度前往公所,连路旁的小朋友看见也立刻停止游戏,专注地目送我们离开。

监狱里人满为患。他们大部分是职业赌徒,在警方临检市场的时候被逮。这些人老爸大多认识。他们坐在水泥地上,发好扑克牌,用五分钱下注。有人在大楼入口处高喊老爸的名字,这群人抬起头,又继续打牌,用脚趾拨动赌注。

老爸走到大楼后方的小办公室,坐上旋转椅。堤欧·多洛拿来一串钥匙。

"儿子,拿这些钥匙,试试那些门锁。"

"遵命!"我说。我拿着那串钥匙走进门廊,研究起通往囚室的那两扇门。门皆未上锁,囚犯们安坐其中打牌。我正准备把门锁上,老爸前来阻止我。

"儿子,别上锁。"他说完,抢走我的钥匙。他走进其中一间囚室,仔细查看赌徒们的动态,从口袋里面细数自己有多少五分钱币。他和囚犯们坐在一块儿,往水泥地上押注。

镇长来到公所,沿路踢开躺在厅堂上的游民。他仓促上楼,靴子发出扰人噪音。等他再走回厅堂,那笨重的脚步声听来像喝醉的水手。

"新的狱卒呢?"他大叫。

老爸收好赌注,走到厅堂。手中的钥匙叮当作响。

"我就是新来的狱卒。"老爸说。

"你管得了这些罪犯吗?"他问。

"怎么可能不行?"老爸回答。

镇长遣来一名警察帮他备马。我们听着他骑马奔驰直冲斗鸡场。老爸走回办公室,坐进旋转椅。

他要我去向囚犯借点钱。我知道他在打什么主意。我拿到钱便走进对街酒铺。酒瓶容量不大,不过已经够让他昏睡。他一饮而尽,陷入沉睡。

隔天我们一大早便前往公所。太阳还没出来,囚犯们却早已开始打牌。他们的家人带来早餐等在外头。他们坐在大厅,带来的米饭直冒着热气。篮里的鱼干气味飘荡在整个厅堂里。守卫们彬彬有礼地招呼他们,希望他们会顺便招待自己吃早餐。

老爸开门,让外头等待的家人们进入囚室。囚犯们放下扑克牌,坐在靠墙的长凳上。他们卷起袖子,徒手吃饭。老爸和我在一旁监视。一旦他们吃完,他就要犯人家属离开。

没多久公所净空。老爸解开囚室的锁,让犯人放风。他们躺在草地上舒展筋骨。有些人又开始玩牌,不过老爸要求他们停手。他命令所有人跟着他到我们家去。

老妈停下脚步,看着我们一大票人马走近。她头顶一大缸水,差点没把水缸摔破。她以两只手抓牢水缸,站在大门等待我们。她气得想给老爸一巴掌，可是两只手正忙着。我们经过她面前，囚犯们在院子里散开活动。

"那根废柴又想干吗？"老妈说着，走进屋里。把那缸水摆上厨房餐桌。她爬下梯子，监视那些囚犯们的一举一动。

老爸交给他们建筑工具。他站在谷仓门口，囚犯们则蹲在地上。囚犯领过工具便离开队伍。老爸关上谷仓，所有囚犯跟着他走向大门。他们走进我爷爷种在对街的竹子丛。老妈愤怒瞪视他们，因为她压根不懂他们到底想干吗。她以为他们想在我们家后院盖赌场。她走进家里，一脚踢倒水缸。水缸落地摔成碎片。

老爸和囚犯们带着竹子和新鲜的尼帕棕榈树叶回来。老妈大吃一惊，她可没料到这些人竟然带着善意而来。他们把东西摆放在院子里，开始削竹子，准备以竹片搭屋顶。他们用尼帕棕榈树嫩叶铺出一面墙壁。老爸走进屋里，要老妈准备食物。他指挥我到瑟吉欧叔叔的家去。我知道他需要酒。

等我返家，老爸正站在屋顶上。三个男人把铺好的屋顶连同竹子支架高高举起。另外四个男人和他一起站在屋顶。草片稳固地绑上竹子支架。接着他们开始组装墙壁,推起尼帕棕榈叶做成的墙壁,还会用力吆喝。

"儿子,东西到手了吗?"老爸对我大吼。

"拿到了。"我说。

"先闪一边去,"他说,"别让碎屑和灰尘飞进酒瓶里面。我们再过几分钟就大功告成了。"

我不敢太靠近老妈,她正在椰子树下煮菜。我收集了一些洋槐树叶,铺在那些酒瓶上。我看着男人们将最后一面墙壁组装起来。老妈停下手边的工作,告诉他们晚餐准备妥当。他们将剩余的竹片收紧,猴子般跃下。老爸直接从客厅和厨房间的那根绳索垂降下来。

"儿子,东西呢?"他问。

"我用叶子盖住了。"我说完,指着那一堆洋槐树叶。

老爸跪下来,拨开叶子。他抬头对所有的男人大喊。他们把手上的餐盘放到地上,纷纷走向前来。老爸将那些酒瓶递给他们。他们高举酒瓶,倾斜瓶身，大口大口像马一样豪饮。他们喝酒时，喉咙还发出惊人的噪音。其中一人给了我一瓶。

"你有个好儿子。"他说。

"我是有个好儿子，没错，"老爸说，"他长大会变成世界知名人物。我现在还不清楚是什么样的大人物，不过他一定会变得很有名。光看他喝酒的习惯，就知道他的未来一片光明，也绝对刺激。"

男人们开怀大笑，风将他们的喧闹吹进夜晚。他们举杯畅饮，小男生般昂首阔步。他们在草地上像印第安人一样放纵跳舞，他们互相推挤、敬酒，传递彼此的酒瓶。老妈也喝光了自己的酒，他们一点也不饿。他们只想喝高，然后扯破喉咙胡乱喊叫。

午夜时分，院子里挤满男男女女。酒瓶全都空了。有个年轻的小提琴手从傍晚就来了，为大家演奏他的音乐。整个场面仿佛一场乡间喜宴。年轻的男人们寻找伴侣，手牵手奔进黑夜里。树林里不时传来他们的笑闹。

突然间,街头一阵骚乱。我们停止吵闹,朝街道望过去。镇长和堤欧·多洛来到我家大门前。他们骑着同一匹马。堤欧·多洛跳下马,朝老爸走来。

"赛弥恩,快把这些囚犯带回监狱。"他对老爸大叫。

"何必用这种口气骂他们?"老爸说,"他们不是囚犯。他们是堂堂正正工作的男子汉。"他环顾四周正点头认同的男女。

"你是想让我丢官吗?"堤欧·多洛问。

"这不就是政治工作吗?"老爸说,"今天进去,明天出来。是你说的吧?"

"我还在等着呢。"镇长说。

"要看状况,"老爸模仿起堤欧·多洛的口气说道,"任期之内,你能弄到手的都是你的。堤欧·多洛,这不就是你说的吗?"

"赛弥恩,你讲点道理好不好。"他说,"这些人全是该隔离的囚犯,我不过是个暂时的看门守卫。你就把他们送回监狱去,我们白天再继续讨论。"

老爸感到灰心。"我本来还打算盖另外一间屋子呢,"他说,"这下再也没有别的机会了。不知道我有没有办法当省长。"

"你这样想才像话。"堤欧·多洛说。

警察纷纷跳下马,把囚犯们绑在一块儿。他们像拖牛一样把这些罪犯拖上路。

第二十四章
老爸的笑声

十二年前的一场丑闻，在我们这个菲律宾小村引起轩然大波，还逼得我不得不前往美国。我的四个哥哥那时已离家多年——一开始是为了求学，之后则辗转前往其他乡镇、城市，老爸希望他们去看看这世界上其他人都在做什么。那一年，我和老爸住在草搭棚屋里，约莫十平方英尺，以竹架搭建，风一吹便摇晃起来。我们的村子叫曼古斯马纳，位于吕宋岛。那是个很小的村子——矮山腰上的五十间草屋——地势较低处有条小溪流进田野。那里的人都是农夫，因为他们的祖先也全都是农夫。

有一天下午，我们正在玉米田除草，我的堂哥诺诺跑来通报隔壁村子有一场婚宴，他打算去参加。

"走吧，儿子。"老爸说。

"那玉米怎么办？"

"晚点再说。"老爸说，"我们人只能活一次。"

他是认真的。他因饮酒问题恶名昭彰，对于basi（一种自甘蔗萃取，混合了草药、叶子调味的酒）的渴望，远远超过他自我控制的范围。

"好吧。"我说。

我们收拾务农工具,把水牛绑在高大的木瓜树边。老爸打开我的鞋盒。除了圣诞假期和婚礼,这双鞋子很少派上用场。老妈买了大上好几号的鞋子,就算我长大也可以穿。

我们去赴婚宴,天空下着雨。我和堂哥脱下衣服,用香蕉叶包好。老爸将裤管卷到大腿处,以免沾到地上的泥巴。我们在傍晚七点抵达婚宴会场。

婚宴已经进行到第三天,很多男人在大芒果树下呼呼大睡。舞棚爆满,乐手们又累又困,小喇叭手躺在木制长凳上吹奏,他已经筋疲力尽。舞者由各种年纪的人组成,一些人穿着手工牛皮鞋,其他人则打赤脚。厨房摆满临时搭设的桌子,食物丰盛。

我们先在泥泞不堪的灌溉渠道边梳洗完,再穿好衣服、鞋子。我的堂哥熟知流行歌曲和最新舞步,村里的女孩们皆为他倾倒。没多久,他已经成为众人注目的焦点,现场任何男人都会愿意骄傲宣称自己是他的父亲。我根本不会跳舞。我天天待在农场,不曾碰过任何女生的手。我嫉妒堂哥诺诺，但我无法鼓起勇气走向坐满女生的那排长凳。我四处找寻老爸。我在角落找到他，他一脸惊愕。

我明白老爸内心的感受。他平生最恨输给别人。他从未输给他那四个兄弟，所以他敢这样宣称。当他看见自己的小儿子竟然输给他的侄子——还是他最讨厌的兄弟的儿子——他感觉被狠狠羞辱。

"你在干吗？"老爸问。

"我又不会跳舞。"我说。

"你希望你的堂哥诺诺把你搞得像白痴吗？"老爸问。

"我不敢啊。"我说。

老爸失望透顶。他深深叹了口气，转身离开。我走进厨房，请其中某个女人帮我倒一勺酒。等我再回到舞棚，新娘和新郎正在跳舞。老爸从座位上跳起来，两手按在我的肩上。

"会是你吗？"老爸问。

"什么啊，老爸？"

"我没摸到的那个吗？"

我不发一语，但我知道什么意思。他以前总爱吹嘘，说自己五个儿子因为出生时被他摸过——意思是说他把传家法宝传给了他们，每个女人都会想要拥有那件法宝——所以变成万人迷。他常说，在和我一样大的时候就已经能让女人成群结队靠过来。如今，他仿佛梦游般开口："我记得，有个儿子没被我摸到……是你吗？"老爸抓着头，试图回想。"可能是你……波隆跟爱死他的玛利亚。欧宋和带了孩子来找他的萝丽塔。再来是尼卡西欧，以及为了向他争宠大打出手的科拉蓉和萝莎莉欧。最后是伯尔多，艾琳的老爸和兄弟可是追杀了他好几个月……来，我来想想……是，一定就是你！"老爸像发现宝藏似的大叫。他拍拍我的背，仿佛表达遗憾，又走回墙边的板凳。

喝了酒，我有些头晕，也开始想睡。我看见新郎新娘继续跳舞，他们的舞姿就像随风摇曳的菅芒花。接着，我看着新郎走进厨房，新娘走回她的座位。根据我们邦嘎锡南省的习惯，除非婚礼结束了，否则不能和新娘跳舞，只有新郎能与新娘共舞。我忽然闪过一个想法：我要靠近她。我朝她走近一步，接着,仿佛身处令人战栗的噩梦,我已坐在她身旁。我放眼四周,试着寻找老爸的踪影,却发现他似乎充满期待,像狗一样盯着我。我与新娘交谈了一会儿。她想起有东西忘在家里。她得回去,问我能否相伴。

她家的房子在河对岸。河水很深,从桥下起算也有整整两英尺之深。她爬上她家的竹梯,我则等在枝叶茂密的番石榴树下。她没花什么时间。在我们回程途中,滑溜溜的人行桥上她不小心踩滑,差点落水。我及时抓住她,可是她的新娘礼服已然湿透。我们又返回她家,让她换回平常的服装。

等我们回到舞棚,女人们开始喊叫。新娘试图解释真相。男人们朝后坐,仔细聆听。我走到角落等待,看见老爸带着不怀好意的笑容向我走来。

"就是这样。"老爸说。

"怎样?"我问。

"儿子,就是这样吧。"他再说了一次。

"我什么也没做啊。"我说。

"想出人头地,就是要这样做,儿子。"老爸说。

"我不确定。"我说。

"让我想想。"他说,"不,不可能是你!现在我可确定了。你也是个万人迷。到底是谁呢?我记得有个儿子没摸到啊。现在,嗯……我到底有几个孩子啊?"老爸狡猾地眨眨眼——那一眼带着深邃的暗示——脚步蹒跚走回座位。

我肚子饿了。我找到堂哥,一起走进厨房。我们坐在同张长木凳上。桌上彼此传递木盆,我们接过来,洗了手。我们以手吃饭。吃完了,就在同一个木盆里面洗干净,再拿起桌上递来传去的破布擦嘴。接着,我们回到舞棚。

我的老爸正在舞棚中央鬼吼鬼叫。我懒得理他,他只要喝了酒就是那副德性。有些男人试图想让他冷静,但他反而变本加厉,逐渐失控。

"你们看看我的儿子!"老爸指着我大叫。他们把目光转到我身上来。

"完全得到我的真传!我告诉你们。"老爸大叫,捶打着自己的胸口。

他们帮他倒来更多酒,想让他冷静。

"以前不也有女人为我争风吃醋吗?"老爸扯破了喉咙大喊,"现在,也有很多女人对我儿子投怀送抱吧？你们说是不是！哈哈哈哈。"

老爸欢愉地跳起舞。乐手们停止演奏，舞者们退到一旁，盯着被人群团团围住的老爸。他凶猛地捶打胸口，绕圈跳舞。他的眼中有喜悦的泪水。

"新娘不也对他投怀送抱吗？你们说是不是！"

人们瞬间被激怒。他们向前推打老爸，但我和堂哥动作更迅速。我们抓住老爸的双臂，拉着他跑向最近的稻田。他全然喝高。我们把他绑在长竿上，一人一边扛着竿子回村。

一礼拜后，那女孩的父亲来到我们家，他宣称我侮辱了他女儿的名节。新郎改变心意，婚礼取消。我必须娶他的女儿，承担后果。老爸说他三天内会让他们知道我们的决定。但老爸根本没有传过话到隔壁村。

就在我们烧野草时，女孩和她父亲又来了。他们身后跟着一大帮亲戚，铁了心要强迫老爸替我和女孩安排婚事。老爸见招拆招，说他答应安排婚礼，并准备将我们家唯一的水牛送给他们，以展现诚意。

女孩沉默无语，我也无话可说。当他们回程的时候，女孩骑在水牛背上。

老爸和我急忙跑进小屋。他向我解释，说他以我为傲，但他根本不打算让我娶那女孩。他对我怀有更高的期望。他将存钱用的椰子壳剖开，把存了好几年的钱全挖出来。我们跑回镇上，我妈和我两个姐姐住在那里。老爸向她们说明事情始末。

"我们该怎么办啊？"老妈大叫。

"没有别的办法了。"老爸说，"我们得把他送去美国。他们没办法追去那里。"

"不行！"老妈说完，开始啜泣，"我们只剩下他了。"

"我们还有女儿啊。"老爸说。

隔天，他们陪着我走到公交车站。

"别惦记那头牛，"老爸说，"反正不用水牛我也能耕种。我以前就是这样。"

我又在他脸上看见那一抹狡黠光彩。

"别忘了——"他说，"就算你在美国，我还是你老爸。别忘了你出生的时候，我可是摸过你的。"

– 后记 –
来自布洛桑的讯息

一九三九年的冬天，失业的我前往加州圣佩德罗，在雨中站了好几个小时，和数百名期盼得到鱼罐头工厂职缺的男女一起排队。为了打发漫长的等待时间，我开始撰写这本书的同名故事。故事恰好在我排队走到大门口时完成，但接下来那冰冷刺骨的几个小时，让我忘记了好多事情。

一九四二年十一月，恰逢世界充斥了苦难与悲剧，我在帽子里找到这一则故事。我将它投到《纽约客》（*The New Yorker*）杂志——我从未读过这本杂志——三个礼拜后，我收到一封信，上头回复："多告诉我们一些菲律宾的事吧！"我回答："遵命！"

我回忆起家乡邦嘎锡南省比纳洛南小镇的点点滴滴，把还记得的往事全写下来。《纽约客》又收录了三篇。《城镇与乡村》（*Town and Country*）杂志刊登过一篇，《哈泼时尚》（*Harper's Bazaar*）杂志也选录过一篇。我收到自己家乡同胞们的来信，说我描述的正是他们的生活，与他们村里的故事。这时我才领悟，虽然我写的是自己故乡的小镇,实际上却呈现了菲律宾农民普遍的生活样貌。

  上述这些,以及另外的十八篇故事都收录在这一本书里。这是第一次,菲律宾人民以"人"的身份被书写下来。我希望你会喜欢这些故事。

图书在版编目（CIP）数据

老爸的笑声 /（菲）卡洛斯·布洛桑著；陈夏民译. -- 重庆：西南师范大学出版社，2019.6
ISBN 978-7-5621-9817-8

Ⅰ. ①老… Ⅱ. ①卡… ②陈… Ⅲ. ①长篇小说—菲律宾—现代 Ⅳ. ①I341.45

中国版本图书馆CIP数据核字（2019）第102246号

拜德雅·文学·异托邦

老 爸 的 笑 声

LAOBA DE XIAOSHENG

[菲律宾] 卡洛斯·布洛桑　著
陈夏民　译

特约策划：任绪军　邹　荣　何啸锋
特约编辑：任绪军
责任编辑：李　君
书籍设计：陈靖山（山林意造）

出版发行：西南师范大学出版社
地　　址：重庆市北碚区天生路2号（400715）
网　　址：http://www.xscbs.com
印　　刷：重庆共创印务有限公司

幅面尺寸：115mm×185mm　印张：9.75　字数：145千
版次：2019年7月第1版　印次：2019年7月第1次印刷
ISBN 978-7-5621-9817-8　定价：52.00元

本书如有印刷、装订等质量问题，本社负责调换
版权所有，请勿擅自翻印和用本书制作各类出版物及配套用书，违者必究